文春文庫

湖底の森

髙樹のぶ子

文藝春秋

湖底の森／目次

湖底の森

桐の花

半年近い病院生活から寺に戻ってきた日、庫裡《くり》の前の梅桃《ゆすらうめ》が白い小花を群がりつけていた。

節子はその前で足をとめ、嫁の松江が支えていた腕をはなして梅桃を見上げた。梅桃の花は真盛りで、すでに木の下影のなかに小指の先ほどの花弁が散っていた。

空から降る光とやわらかな風は、節子の背より少し高いこの木に絶え間ないさんざめきを与えている。枝はひらひら簪《かんざし》のようにたわんでいた。六月になれば、この白い盛り上がりが、ことごとく赤い豆菓子のような実になる。ちょうど節子の誕生日のころだ。今度で五十八回目の誕生日である。

「母屋の方にベッドを入れてますのよ、お義母《かあ》さん」

「あら、どうして」

「高春が、そうしろって。その方が私も便利ですし、御入用の物は、あとで私が運びますから」

「そんな必要ありませんよ。だってほら、あなたが手を離しても、わたくし大丈夫でしょ、ほら」

節子は一人で数歩歩いて見せた。

「散歩だって一人で平気です。お医者様も、のびのびと体を動かしてごらんなさいって言って下さったのよ。わたくし、これまでどおり離れの方にやすみます」

「でも高春が何て言うかしら」

「夜中にお琴弾きますよ。あなた方の隣の部屋で」

「それは困ります。何て病人なんでしょう」

「安心して下さい」

「入院前とちっとも変わっておられませんね」

「あたりまえです、つまんないもの取っちゃって、さっぱりしただけです。こっちで本当に夜中にお琴弾きますよ」

「どうぞ。それだけがこの山寺のいいとこですから」

「早くこの梅桃が食べたい。あなたのパイは、本当に美味しいもの」

松江は梅桃の実だけでなく、クコの実やキイチゴでもパイを作る。寺の宗派の大学で、高春の同級生だった。松江が来てから、庫裡にオーブンや電子レンジ、パイ皮をこねる大理石のまな板や捏《こ》ね棒が出現した。だだっ広い庫裡の片隅には、陶芸用の電気釜まで据えられている。

高春が結婚し寺に戻ってきたのを機《しお》に、節子は離れへ移った。高春の父が死んでほぼ十年間、寺を守ってくれた末寺の住職も、ほっとして引き払っていった。

離れの畳は、足裏を包みこむようなかすかな湿気を含んでいた。この上を歩くひとのいないまま、部屋は寒気に耐えた。いま、節子の手で開けられた障子から午後の陽光が流れこみ、畳は生き返ったようである。

「お義母さん、お琴は結構ですけど、あまりお腹に力を入れないで下さいね」

陽だまりに座った節子に、松江は半ば命ずるように言った。節子は、この都会的で合理的な精神を持った嫁から、命令口調で言われるのが好きである。拗《す》ねたり子供のように反抗してみせると、松江はむきになって説得しようと身構える。そのとき、悪戯《いたずら》の手を止めてニヤと笑う悪童のような顔をすると、松江は、やれやれ、という安堵の目になる。これが可愛く、美しい。結婚前の高春に、松江さんはどんなところが素敵、と訊いたとき、怒らせたときですかね、と言った。節子は松江を、自分に似た女だと思っている。

節子の散歩は、翌日から始められた。

まず、本堂を一周する。本堂の表側は白い砂が陽を吸って、少しばかり余った温気《うんき》をたちのぼらせている。裏へまわると、まだ早春がそこここに残っていた。草を踏みかためた径《みち》は硬く、ハコベやツユクサなどの雑草は薄い葉を翳った空気のなかに必死で立てている。この本堂の縁の下は古い物入れになっていて、始末しなくてはならない物が放っておかれている。節子がこの寺に来たときはもう使われることのなくなっていた駕籠も、崩れたり積み上げてある。子供のころ、錦糸の布を掛けられた駕籠が、この寺から裏の山へ運ばれていく行列を見た。

位牌堂まで下り、位牌堂の傍らのちょっとした崖から幼稚園を見下ろす。園児たちはめったに節子に気づかないが、たまには一人か二人上を見上げ、あ、お寺の大先生だ、と指さす子もいる。節子は必ず手を振ってやる。高春が戻ってきたとき、ここの園長も高春に引き継いだ。

こうした散歩は節子に病気のことを忘れさせた。散歩の要領を覚えることで生きることの要領もわかるような気がした。無理をせず、遊ぶことだった。ことあるごとに立ちどまり、これでいいかい、と自分に問うことだった。もっと歩きたいとなれば、歩いた。歩くところはとにかく沢山あった。どこもかしこも新鮮だった。節子は春に感謝した。平坦なところであれば、杖はほとんど必要ないのであった。

ある日突然思いついて、山へ入っていった。裏山へは本堂の裏からなだらかな石段を上り、岩清水を溜めた小さい池を半周して今度は踏み分け径へと入る。その途中は、元はといえば墓地だった。土葬しその上に無定形な石を乗せただけの墓が、径の左右に緑色の大波小波のように出現する。石は木影で苔むし、まるで植物のように息づいていて美しい。そのころも金のある家はこんなところに葬ったりはしなかった。檀家のなかでも貧しい家々が、寺の山に埋葬したのである。

最後の死者がこのあたりに埋められて、かれこれ四十年になるだろう。もはや苔むした石の下には、骨も残ってはいないかもしれない。そのかわり、あたりに繁る白樫《しろがし》や水《みず》楢《なら》の何と景気のいいことか。

節子はここへ来るたび、心が軽くなった。高春が経営手腕を発揮して売り出した山門下の墓地や位牌堂に行っても、ちっとも何も感じないのに、この古い墓地に来ると、人肌のなつかしさを覚えるのである。それも陰気くさい死者の匂いではなく、清涼で、きららかで、生きいきした人肌である。白樫や水楢や椿や、やわらかい下草の細胞のなかに蘇《よみがえ》った人間の息づかいに、節子の皮膚はみずみずしく潤う気がした。節子はいまでも、人の体はそのまま朽ちて土になるべきだと考えている。焼いてしまえば無機質だけしか残らない。煙を空に流し空を汚す。土になれば花や木を育てることだって出来るのである。この方がずっと合理的ではないか。

ここまで来た以上、ついでにあそこまで、と節子は思いついた。少々遠くはなるが、急な上り坂はなかったはずだ。

節子は決心して歩き始めた。山径は樹間を縫って蛇行する。幅五十センチほどの草の径は、ところどころ頭上の枝影が切れて、スポットライトのように陽が射しこんでいる。その白い空間に、水蒸気の粒子かかげろうのような微細な生き物が無数に舞っていた。たゆたう大気を掻き乱して進むとき、節子は、ちょっとごめんなさいね、と謝る。

この小径を一時間も歩くと、山あいを抜けて裏の街へ出る。周囲はいずれも雑木林だが、さらにこの径から踏みこむと竹林があるらしい。この径を利用する者は、竹の子の季節に出没するイノシシ退治のハンターだけである。

野アザミが臑《すね》をひっ掻く。杖では払いきれない。節子は脱ぎ着が容易なギャザースカートをはいていた。体が草の青汁に染まりそうである。目の前二メートルの植物に呼びかけられ足を一歩一歩動かすうち、見馴れた、なつかしい風景が出現した。記憶の中というより絵か写真で繰り返し眺めたような場所である。そうそう、これだわ、と節子は納得した。右手がゆるやかな斜面となって這い上がり、その斜面を抱きこむように径はまわりこんで消えている。斜面には低木がまだらに散り、あいだの地面は乾いた朽ち葉に埋まっている。上方を見上げれば、木の盛り上がりと空との境界が細く金色に縁取られていた。真直ぐ視線を左に流したところに、その木はあった。桐である。

節子は足を早めた。長いあいだ会わなかった友人を迎えるように気がはやった。径から数歩斜面に入りこんだ場所に、その木は伸びやかに立っていた。ここ数年見ぬ間に、背丈はほぼ十メートルに達し、枝の張り具合もたくましくなっていた。そろそろ花の季節で、黄色いつぼみが枝先に群がっている。

節子は幹に手を置いて二、三度叩いた。幹の直径はゆうに三十センチを越している。桐は生長が早い。樹皮の縞目も青年期から壮年期に入っていた。

「おたくも、この桐がお気に入りですか」

ふいの声に節子が振り向くと、空木《うつぎ》のかげに男が座っていた。画帳を膝に乗せ、右手を動かしている。

「ああ、びっくりしました。こんなところにどなたかいらっしゃるなんて思わなかったもので」

節子からこぼれ出た声が、それでもどこかおおどかだったのは、男が若くなかったからである。自分と同じ年恰好か少し上だろうと思った。

「こっちだって驚いたよ。とことこ歩いて来て、行き過ぎるだろうと思ってたら、その桐を叩くんだもの」

「この木を描いてらしたの」

「そうですよ。それは私の木だから。ちょっとその手を離して」

男は自分の指を、木から節子を剝ぎ取るように動かした。

「この桐がおたくの木ですって」

「そうですよ」

「この山は、うちの末寺の持ち山のはずだわ」

「山は関係ない、この木ですよ」

「わからない方ね」

「山の持ち主、この桐を御存じかな」

「いえ、こんなもの、興味のない人達だから」

「ほうらごらんなさい。この木は私のものだ。ずっと大切に見てきたんだもの」

節子は男の傍らに進んでいった。画帳の真中に、鉛筆デッサンで桐が写しとられていた。

「だったらこの桐、私のものです。私だって、何度もこの桐に会いたくてここまで来たんですもの。ここ何年かは体の調子が悪くて会いに来れませんでしたが」

「私はしょっちゅう来てる。御覧になる?」

差し出された画帳を見るために、節子は腰を下ろした。

「ときどきこうして写してるの。場所もここからと決めてある。枝の伸び方もよくわかるでしょう。もう二十何枚ですよ」

「そんなに?」

「写生する前は、ただ見るだけでした。ここに立ったり座ったりして」

「よくお目にかからなかったこと。私はこっちの寺の者で、あなたは向うからいらっしゃるんでしょう。どこかでお会いしてます?」

「そりゃ、会ってるかもしれないね。しかし、ここで会ったのは最初だ。杖をついて、変な歩き方ですな、カカシが動いてるみたいだ」

「無礼な方。変でも何でも、歩けるようになったから、ここまで来れたのに。私、二カ月前に、お腹を切ったのよ」

「自慢になんかならないよ、私だってあっちこっち傷だらけだもの。それより、早く花が咲くといいね、桐の花はぼてっと重くて、蜜がうまい」

「蜜」

「吸ったことないの、勿体ない。落ちてきたところを蟻に吸われる前にチュッチュッとやる。大抵の病気は治ります」

「嘘ばかり」

「やってごらんなさい、ためしに」

桐の花は淡い紫色だ。筒状でつり鐘のかたちをしていて、長さは五、六センチ。葉が出る前の灰色の枝々を、上品に染める。

男の髪が銀色に透けて光る。顔は細長く顎もとがっている。どこかで会った気がするが思い出せない。目の動きに少年のような稚気が走る。

「もうそろそろ咲きますね。桐の花に蜜があるとは知らなかったわ」

「二週間で五分、三週間で満開、一カ月たったら全部落ちちゃう、ってところかな。三日に一度は来なくちゃ、と思ってます」

「三日に一度って、あなた、どこに住んでらっしゃるの、何してるの」

「無礼なのは、あなたの方だ。そんなのは私の勝手」

「そりゃそうでしょうが、私が大切にしている木を写生なさるんだもの、知りたいわ」

「教えましょうか」

「ええ」

「私は、空を飛べるんだ。だから毎日でも来ることができる」

「あらまあ」

「いつか飛んでるとこを、お見せしよう」

「ええ是非。でも、それだと便利ね、お若いころは、ひょいひょいと、あっちこっちの女性をお訪ねになられたんでしょうね」

「あなた、よく御存じだ。でも、あなたのところへは、まだ行っていない」

「いらっしゃいましよ、空を飛んで。こんなおばあちゃん、色っぽいもてなしは出来ませんが、夜、お琴を弾きますの。障子の外でなら、お聞かせしましょう」

「障子の外ですか。私はお琴なんか嫌いだ。昔の私の恋人はマンドリンを弾いてた。うんと若い娘で、ギターのうまい子もいた」

「プレイボーイだこと。でも、いい年をして、その赤いアスコットタイは、チンドン屋みたいだわ」

「うるさい人だなあ、私は、何やってもいいんだ、空だって飛べるんだから」

「三日後にも、ここにいらっしゃる？」

「来ますよ。他に行くところがない」

「変な方。近ごろ、あなたみたいな不良の中年が増えてますって。こんな山径に罠をかけてても、若い女なんか通りやしませんよ」

「だから仕方なく、足の悪い中年女性でがまんしてるんじゃないの」

「悪いのは足じゃありません。ここ、切ったばかりなのよ」

節子はむきになって下腹を押さえて見せた。男の目が、哀れむようにそこを見た。睫と唇が、一瞬白く染まった。

「また来ますわ。この木、いつか私のお琴になるんですからね、それまでは、どうぞお好きにデッサンなさって」

節子は男に背を向けて斜面を下った。


その夜、節子は久々に琴を弾いた。昼間あの奇妙な男に会ったからではなかったが、弾き始めてみると、誰かが障子の外で聞いている気がした。ひととおり弾き終えると外を覗いてみた。闇の中で梅桃が匂った。それがあたかも、昼間の男の匂いのような気がした。

いくつだろう。髪はすっかり銀色だが、顔の艶はよく、実は赤いアスコットタイも似合っていた。六十前か、ちょっと過ぎ。空を飛ぶ、ときた。節子は愉快になった。今度会ったら、あのプレイボーイをぎゃふんと言わせてやろう、と思った。それからまた、興に乗って遅くまで琴を弾き続けた。

体重はいっこうに増えないし、朝のうちはけだるくて仕方ないのに、山へ入ると気力が充実し、足の動きも良くなる。これには多少の見栄もありそうだ。どこかであの男が見ていないとも限らないので、つい、さっそうと胸を張ってしまう。三日後、同じ時刻、男は同じ場所にいた。今日は、茶色のセーター姿だ。

「アスコットタイは、どうなさったの」

「あなたがチンドン屋って言ったでしょう。やめましたよ」

「本当は似合ってましたのに」

「嫌な人だ。そろそろその木、花が咲きますよ」

枝の先に、光の加減で灰色にも紫色にも見える蝶が、数匹とまったように見える。どの枝もというわけではないが。

「夜、お琴を弾いてましたね」

「いつ」

「いつだったか忘れた」

「弾いてましたけど、いつだったか忘れたなんて、それはずるい言い方ね。昨夜？　一昨夜？　それとも、その前の晩？」

「そのどれかだったな」

「空を飛んで来られたの」

「そう。それに、あなたの部屋をちょっと覗かせてもらった」

「それはそれは、散らかしてましたでしょう。わたくし、何してました？」

「言ってもいいのかな」

「どうぞ」

「お布団の中で、お腹をさすっておられた」

「え」

「ほら、顔色が変わった」

節子は、ときどきそんなふうにする。おへそから下に向かってギザギザに刻まれた傷口をゆっくりと撫でる。ついでに、その下のふわふわした部分も指先でたどり、そこに特別の感覚が起きると、ほっと安心するのだ。

「だから、言っちゃいけない、と思ったんだ」

「構いませんよ別に。私のギザギザのお腹、見られちゃったかと思っただけ」

「見てませんよ、安心なさい」

「あなた、これまでずいぶん、悪いことなさってきたんでしょう、女のひとに」

「いきなり何ですか。そんなに動揺されると、ああやっぱり、なんて思うじゃないの」

「何がやっぱりなの」

「あなたは、おとしの割には色っぽいということです。ただし、おとしの割には、ですよ」

「また失礼な。ここに来ましたのは、あなたをやっつけたくてなのよ。私の大切な桐を無断で絵になさったりして。今日はもう、絵はいいんですか」

「今日は、見てるだけ。それに、あなたを待ってたんです」

風が吹いて、男の髪が舞い上がった。

「あらおかしい、あなた、トウモロコシみたいよ」

男は節子を睨みつけ、片手で髪を直した。

「空を飛んで見せてさしあげようと思ったけど、やめますよ。こんな純情な男を傷つけるなんて、けしからん」

「あらら、傷つかれたの？　それは愉快だわ。私、手術する前の夜、心に決めたの。もし生きてたら、生きてる時間を、思いのまま過ごそうって。思ったこと、全部言ってしまおうって」

「じゃあ、その前は、少しは遠慮があったんですか。そうは見えないけど」

「あなた、他人の人生を、いろいろ否定なさるのね」

「とんでもない、あなたの若さを、こうやって引き出してるんだ。怒っておられると、なかなか魅力的ですよ」

「おとしの割には、でしょう」

「お互いに、年のことは言わないことにしませんか。それから、頭の毛のことも。トウモロコシは嫌いなんだ、見るのも食うのも」


その日は病院の予約が入っていて、午後、松江の車ででかける予定だった。

節子は朝から気分が悪く、食欲もなかった。病院へ行けば、また入院を命じられるような気がした。

前の夜、心の向くままに琴を弾いたせいか興奮は朝まで続いていて、浅い眠りしか得られなかった。歩くと冷汗が吹き出し、めまいに襲われた。

病院へでかける予定の三十分前に、節子は家を抜け出した。山へ入るにつれ、元気が出てきた。緑の波をくぐるごとに、足取りは確かになった。

「やあ、来ましたね、今日が満開だ、ほら」

男は、画帳にクレヨンで色づけしていた。

画帳の色よりいますこし薄い紫が、空に散っていた。陽のあたり方で、花弁が透けて肌色に滲んだものもある。緑色を背後にした枝は、くちびる状に裂けた花弁を明瞭に浮かび上がらせる。空とぶつかった枝は、空に呑みこまれ、吸いとられていた。

「美しいなあ」

と男が言った。男の髪と目の黒目が、淡い紫に染まっている。

「よく飽きられないこと、毎日この木に向かわれて」

「飽きませんよ、他の花だとすぐ飽きますけど、桐は飽きない」

「なぜでしょう」

「私に言わせたいんだな。女って、どうしてそんなにナルシスティックなの」

「何のお話？」

「からっとしてて、上品だからですよ」

「桐が、ですの」

「桐も、あなたも」

節子は、急に心地良い疲れに襲われて、男の傍らに腰を下ろした。そこからは、桐の幹と枝と花が、宇宙を埋めつくすように見上げられた。頭の真上にまで、ぼってりとした枝がかかっていた。その枝に全身の感覚をあずけているうち、節子の口からこんな言葉がこぼれた。

「たびたびここへ来るのは、あなたに会いたいからなの、なつかしい気がするわ」

「素直になりましたな、まるで少女のようだ」

「御存じないくせに、そのころのわたくし」

「知ってますよ」

「ほんと？　またいつものいい加減なことおっしゃる」

「そこに横になってごらんなさい、いま思い出させてさしあげる」

節子は言われたとおり、体を横たえた。男の頭の周囲に花と空が広がっていた。

「あなた、十三のとき、こんなふうに寝転がって、男を挑発しなかった？　したでしょう」

節子は身をよじらせてくくっと笑った。

「十三のときは、こんな銀髪なんて相手にしなかったわ」

「私の顔をよく見て。私は十七だったかな」

「十七の青年なんて、想像できませんわ。黒髪がこう、ふさふさしてるのね……」

「不真面目だな。髪の話はしない約束でしょう。顔のほかの部分をよく見てごらんなさい」

「眉毛も少し白いわ。それに額に三本の皺、顎のお肉が少し垂れてる。でも、とてもハンサムだわ」

「あなたのかたい胸に触ったことがある」

「え、ほんと」

男から言われてみると、そんなことがあったような気もする。草むらに寝転がり、同じように隣に寝転がった男の手がふわりと伸びてきて、胸の上に乗った記憶が、あるようなないような。

「胸を触ったら、あなたが怒ったんで、私は困ってしまった」

「それでどうしました」

「あたりの花を摘んで、あなたに振りかけてあげた。それでようやく、あなたに笑顔が戻ったんだ」

節子の体に、記憶のひとしずくが落ちた。顔や胸に乗った花弁の重みが、肌の上に蘇ってきた。

「あなた」

と節子は覗きこんだ男の顔に言った。

「思い出してくれました？」

「いえ、まだよ、でも……」

「じゃあ、あのときと同じようにしてさしあげよう」

男はふわりと節子から離れ、そのまま花の枝まで浮き上がり、枝の上に立った。音ひとつたてずに、そこまでたどりついていた。

「本当なのね、あなた、本当に空を飛べるのね」

節子はうれしくなって叫んだ。

「やっと信じてくれましたか。手間のかかるひとだ」

起き上がろうとしたが、やめた。このまま男を見ていたかった。

「どうなさるの、そんな高いところで」

「まあ、見てらっしゃい」

男は、体を揺すり始めた。男の肉体がしなり震えるたびに、枝が動く。淡い紫色の花が降ってきた。暖かな大粒の雨が落ちるように、節子の体にあたっては転がった。胸や腹や脇腹をくすぐり、流れた。節子は身をよじり、声を放ちながらそれらを受けとめた。

「まだ思い出せない？」

「もっともっと降らせてよ」

「欲張りだな、何てひとだ」

「あなたは……」

と言いかけて、節子は口をつぐんだ。男が誰だか、思い出しかけたのだ。だがその男は、戦後間もなく死んだはずだった。

「いま、思い出しそうよ」

「そりゃよかった。あとひと息だな」

「あなた、生きてらしたの」

「生きてますよ、ほら。でも、本当に私が誰だか思い出せたの？」

そう言われると節子はまた、あやしくなった。思いあたる男は、みんな死んでいる。節子は、思い出さない方がよさそうだと思った。だから繰り返し、もう少し、もうちょっとよ、と言い続けた。そのたび樹上の男は、はらはらと花を撒いてよこした。男の顔は少しずつ真剣に、苦しげになっていく。体のうえに落ちた花から蜜がこぼれて流れた。節子の体は、ぬめぬめと滑り、内側深くまで潤った。

やがて花の海に埋まり、男の姿が見えなくなった。声も聞こえなくなった。節子は、困ったことになった、と思った。何か大切なひとことを男に言わなくてはならないのに、こうなった自分が情なかった。心地良すぎて、今さら声も出したくないし、指一本動かしたくないのである——。

その日の夕方、節子の体は寺に帰ってきた。松江が見つけたのだった。

高春が経をあげ、皆が集まってきた。すすり泣きが広がるなかで、松江は放心していた。こんなことになるなんて医者の言うことはあてにならない、と思った。医者は、あと半年は大丈夫、と言ったのである。

梅桃は、まだ実をつけはじめたばかりだ。

松江は高春を呼んで、低い声で尋ねた。

「お義母さん、病気のこと、御存じだったのかしら」

知らなかったはずだよ、と死者の息子は落ち着いた声で言った。

「何も書き遺してるものはなかっただろ?」

何もなかった、と松江は応えた。だが松江には、夫に言おうかどうか迷ったあげく、やはり言わないでおこうと思ったことがある。いまとなってはあまり意味のないことのように思えたので、やめたのである。

松江が山の中で節子を発見したとき、節子はまだ生きているように頰があからみ、かすかに表情が残っていた。松江はその体にとりすがり、お義母さん、お義母さん、と呼びながら抱え上げようとした。しかしうまくいかず、片方の足がはずれて、松江の腕から落ちたのだった。

その瞬間、節子の体から、甘やかな匂いがたちのぼった。その匂いにどきりとした松江は、思わず目をそらせていた。そしてその匂いを、節子の体からではなく、どこか遠くから来る風のせいだと思おうとした。松江は節子の足を閉じ、しっかりと抱えこんでいた。

高春に説明しようにも、出来ることではなかった。他の人間ではなく、自分が節子を見つけてよかった、と松江は思った。

すぐ近くに、何か大きな木があったような気がするが、動転していた松江には、何の木だったか思い出せないでいる。

紅葉谷

木の引き戸は、湿気のおかげで音もなく閉じた。廊下に出ると、雨のにおいと朽ちた木から吐き出される生暖かな息が、夕刻の空気を濡れた布のように重くしている。それらのにおいは、廊下に敷きつめられた古い絨緞《じゅうたん》の周辺からたちのぼってくるらしかった。玄関のロビーにカード式の電話機があったのを思い出し、彩子《あやこ》はそっと部屋を抜け出してきたのである。

廊下のつきあたりを右に曲ったところがロビーで、その角の壁に明かり取り用の縦長い硝子《ガラス》がはめこまれている。おそらく二重に貼られた硝子の隙間にあしらわれているらしい細竹による絵模様が、晴れていればくっきりした黒い影を作り出すのだろう。いまは澱んだ水を溜めたように灰色に濁っていた。

そのつきあたりにある短い階段の下から、ふいに女が上がってきた。手に盆を持っていて、茶と菓子が二人分載っていた。

彩子は階段の上で女をよけようと、壁に体を寄せた。

「お客様、いまお茶をお持ちしましたが」

到着してすでに三十分も経っている。苦笑する彩子に、女は悪びれもせず部屋の方へ行きかけるので、

「ロビーで頂きます。母は眠ったばかりですから、起こしたくないの」

慌てて呼びとめた。女は、そうですかと言ってロビーの方へ引き返す。

「台風、もうじき直撃ですって？」

女の背後から言った。

「今夜九時ぐらいらしいですよ。これから風が強くなるんでしょう」

「もう十月も末ですよ。何て季節外れのお客様かしらね」

「今夜中に通り過ぎるって言ってました」

「お庭が心配ね」

ロビーを挟んで玄関と反対側に広い庭がある。庭に近いソファーに腰を下ろしながら言った。

「池に落ちた葉っぱを掃除するのが大変なんです」

女が去ったあと、お茶をすすりながら庭を見た。すぐ足元に池が掘られていて、間断なく吹きつける風のせいで水面に無数の筋目が走ったり消えたりしていた。無方向に出現する筋目の下に、緋鯉の朱金色が静止している。コの字型に囲まれた庭に閉じ込められた風が、親を見失って泣き叫ぶ子供のように慌てふためいている、と彩子は思った。

黒く濡れた築山の石は亡霊のように肩をすぼめ、打ちつける雨に無言の反抗をこころみていた。

こんな日になにも、と彩子は後悔と苛立《いらだ》ちの入り混じった思いを自分に向けた。しかし母にはもう時間が残されていない。母が墓参に行きたい、と言うだけの気力があるうちに、望みを叶えてやるしかないのである。

その一週間ばかり、医者の診断とは裏腹に、母の秋代の気力は充実していた。食べたいものもはっきり言った。それまでは彩子が訊ねても、何も欲しくないとしか応えなかった。

墓参のことも秋代の方から言い出した。秋代がこの地を離れて娘の嫁ぎ先に来て、そろそろ十年になる。彩子にとっても高校時代までを過ごした懐しい土地だった。

「お墓参りのあと、省平山《しょうへいざん》の紅葉を見たいわ」

秋の彼岸の前には、行きたいけどもうそんな元気はないと言っていたのに、突然のことだった。紅葉の季節をひそかに待っていたのだろうか、と想像すると、彩子は不穏な重苦しい心地になった。

来年の紅葉までは、恐らく保《も》たないだろう。いまの治療が成功してうまく生命が繋がったとしても、動くことは出来ない状態だろう。

それにしても台風のさなかの墓参になるとは思わなかった。

彩子は薄紙に包まれた煎餅を、包み紙ごと割った。彩子の胸の中でも硬いものが砕けて、粗い割れ目をもつ切片が、無造作に散っていた。


秋代は一時間近く眠った。夕食の支度が出来ました、と旅館の女がかけた声で目を覚ました。秋代は並べた座布団の上に体を横たえ、押入から引っぱり出した掛け布団で顔の半分近くまで覆っていた。

「もうそんな時間？」

「そろそろ七時。どう気分は」

「おつゆとごはんを少しなら頂けそうだわ」

こうしたやりとりを聞こえなくするほど食器の音をたてながら、女はテーブルの上に皿を並べていく。刺身、天ぷら、煮物、ピンクの固型燃料の上に乗せられた鉄鍋には、春菊とネギと鳥肉が盛られている。

「お疲れでしたか。こんな天気ですから大変でしたねえ」

女は、上半身を起こしてこわごわと鉄鍋を覗きこむ秋代に言うが、手は機械のように無駄なくテーブルの上を行き来し、早々とピンクの固型燃料にマッチで火をつけた。台風のせいで、早く仕事を終えたいらしい。終ったら電話を下さい、と言って出て行った。

這《は》うようにしてテーブルにやってきた秋代は、火のついた固型燃料を吹き消そうとする。

「点けちゃったら、もう消せないのよ」

秋代から遠いところに鉄鍋ごと移動させた。

「そんなことを言うもんじゃないよ。消えないわけないだろう。ああいやね、この匂い。教会の匂いがするよ」

「なにが教会の匂いなの」

「燃えてる四角いの。煙が緑色をしてるでしょ」

「そうかしら」

「そうよ、緑色の煙って、縁起が悪いの」

教会に緑色の煙があったかどうか彩子は思い出せなかった。秋代の言葉は、ときどき支離滅裂に広がり、彩子が追いかけていくと秋代の意識はまた別の場所に飛んでいってしまう。秋代が死んで何年もして、秋代がずっと昔神父の奥さんと仲良くしていた教会へも出向くことがあるかもしれない。そのとき初めて、緑色の煙が何だったのか気がつくのだろう、と娘は考える。さしたる悲しみも混じえずに、こんなふうに母親の言葉のひとつひとつを、押し花のように記憶の頁の中に畳みこんでいく習慣がついた。

「すこしがんばって食べてみたら？　こっちは玉子豆腐よ」

秋代は大儀そうに添えられたスプーンを持つと、玉子豆腐を掬《すく》って口に入れた。

彩子は冷蔵庫からビールを取り出しながら窓の外を見た。アルミサッシの硝子窓に滝の水のように雨滴が打ちあたったあとの一瞬、川を挟んだ向かいの家々の灯りが、暗い水底にともる蠟燭《ろうそく》の炎のように頼りなげに滲んだ。

台風が通り過ぎるまで、この風雨は衰えないのだろう。

振り向くと秋代がスプーンを握ったまま、片手で顔を覆っている。娘はさりげなく自分の座布団のところに戻り、ビールの栓を抜いて二つのグラスに注いだ。秋代の手の下から、涙が唇を伝わってテーブルの上に落ちた。ふっふっと息をつめた泣き声がもれる。

「……ビール、ひとくち飲んでみたら？　つめたくて美味しいわよ」

「……彩子、あんたいまいくつ？」

しゃくりあげながら母親は娘に訊いた。

「四十二」

「いいわねえ……私があんたのときは、一生に一度でいいから旅館でこんなごちそう食べてみたいと思ったわ。でも、いまの私、もう何にも欲しくない……食べたくない……ああいやねえ……食べられないのよ」

「泣くことないでしょ母さん。こんな食事、十年も前から母さん嫌がってたじゃない、冷めた天ぷらと表面が乾いてしまった羊羹《ようかん》みたいな赤身の刺身なんて食べたくもないって。いつも残してたじゃないの」

「助けてよ彩子、助けてよお」

吠えるような低い声で泣きじゃくる母親を、彩子は横から抱きかかえ、その顔を片手で撫でながら、

「食べたくなければ、いいのよ、こんなもの食べなくったって死にやしないわよ」

汗がにおう耳に口を寄せて言い続けるうち、どうやら落ち着いてきた。呼吸が深くゆるやかになり、体の力も抜けてきた。

「罰《ばち》があたったのかねえ」

ふいにその言葉が秋代の口から流れ出た。

「罰があたることなんて、何にもしてないじゃないの母さんは。何もかも立派にやってきたじゃないの。あんなに頑固で横暴な父さんとも添いとげたし、おばあちゃんを五年も看病してちゃんと見送ったし、娘も息子も立派に一人前にしたわ。おかげで私も、あまり出世しそうにはないけどいい人と結婚できたし、息子にも二人恵まれた。みんな母さんのおかげじゃないの」

今朝夫が会社から電話をかけてきて、一泊を二泊にしてもいいぞ、と言ってくれたのを彩子は思い出し、いま夫と二人の息子は彩子が用意してきた夕食を食べているだろうか、と想像した。秋代を引き取って以来、彩子の夫は義母に対していつも礼儀正しく親切だった。出かける前と帰宅時は、必ず秋代の部屋を覗いて挨拶した。

「でもやっぱり、罰があたったのかねえ」

とまた秋代は呟《つぶや》いた。彩子は手拭き用のおしぼりを母親の顔に押しあてながら、

「気弱になると、ますます病気につけこまれるわよ」

と強い調子で言った。本当の病名を明かさない以上、この強面《こわもて》のひとことは、いつも懐に隠し持っていなくてはならない。いよいよ辛くなると、彩子はこの言葉を投げつけるようにして母親の傍から離れた。

台風は予想より早くこの地を直撃し、十時過ぎまで鞭《むち》のように雨と風を地上に打ちつ

けていたが、やがて急に静かになった。

新幹線で一時間半の移動がこたえたらしく、秋代は薬を飲むとやがて眠りこんだ。四時間も経てば背中の痛みを訴え、目を覚ますのはいつものことである。この一ヵ月、彩子は睡眠を二、三回に分けてとることに馴らされていた。

罰があたったのかねえ。

彩子は母親の寝顔を見続けることが出来なくて、ハンドバッグを持つとロビーへ行った。

この街では一番大きな旅館ではあるが、田舎街のことで、もともと出張してきたサラリーマンぐらいしか宿泊客はない。もっとも最近、古い寺を巡る吟行や歴史愛好家の団体旅行も増えてきたらしい。

ソファーの隅で、浴衣がけの男がひとり新聞を広げていた。

彩子は人気のないフロントのカウンターに行き、片隅に置かれた電話にカードをさしこんだ。

「おまえか。お義母《かあ》さんはどうだ」

「眠りました。こちらは台風が直撃したらしいわ」

「おまえも早く眠らないと、夜中が大変だぞ」

「子供たち、変わりはありませんか」

「自分の部屋に引き揚げた。こっちのことは心配するな」

「母さん、突然泣き出したのよ、食事を前にして」

「……何か言ったのか」

「いいえ、突然なの。病気のこと、気がついてるんじゃないかしら……あなた、いきなりなのよ……テーブルに向かっていきなり……」

膨らみきっていた袋が裂けて、感情が流れ出した。

「泣くなそんなところで」

夫の声に、はっと気づいて彩子は振り返った。ソファーの隅の男は、先ほどと同じ姿勢のまま新聞を目の高さに掲げているが、彩子の涙声は聞こえているはずである。

ロビーにほかの人影はなく、激しい雨がすべてを持ち去ったあとに、疲れたけだるい夜の空気だけが残されていた。

「泣くな。まだ先は長いんだからな」

「おやすみなさい。あとのことおねがいします」

受話器を置いたまま、しばらく暗がりにむかって立っていたが、そのままじっとしているわけにもいかなくて、体を返して歩き出した。否応なく、男が座っている横を通らなくてはならなかった。

男は彩子が近づくのを待って、顔の前の新聞を畳んだ。

「ビールでも飲みませんか」

男は彩子を見上げ、彩子が濡れた顔をそむけると、

「ここで一杯、どうですか」

と言った。

「そうね、頂くわ」

信じられないほど野太い声が、彩子の口から出た。

「待ってて下さい。そこに座ってて」

男はテーブルの上の部屋の鍵を摑むと、スリッパの音をたてながら彩子たちの部屋とは逆の廊下に入っていった。彩子は途方にくれて、先ほどと同じ庭を見ていた。庭は池の端《はた》の低い灯火の下だけが青白く、その背後にも空にも深さを測ることのできない闇がたちこめていた。

男は二個のグラスと栓を抜いたビールを持って現われた。グラスにビールを注ぐと立ったままの彩子の手に渡し、

「台風に乾杯だ」

と言って、自分のグラスを彩子のそれにぶつけ、勢いよく飲みほした。彩子も男の正面に腰を下ろし、ひと息に半分流しこんだ。すぐに注ぎ足された。彩子はいちどグラスを置きハンドバッグからハンカチを取り出すと、顔を拭いた。行きずりのこの男に、泣き顔を恥じて隠す必要はない、と思った。最後にハンカチで鼻をかむと、その続きの鼻声で言った。

「台風はもう、だいぶ遠くまで行ったんでしょうね」

「このあたりまで来た台風は、偏西風に乗るんで、逃げ足が早くなるそうですよ。明日は見事な秋空だ」

「お仕事ですか、こんな街で」

「女を追いかけてきて結局逃げられたというわけです」

「あら」

「このとおり、ほら」

男は左腕の浴衣の袖をたくし上げて見せた。上腕に五センチほどの引っ掻き傷が、みみず腫れになっていた。男の年齢は、彩子より四、五歳上のようで、痩せた長い顔の真中に、如才なさそうな、どこか酷薄で捉まえどころのない大きな目が並んでいた。自信にみちた物腰にもかかわらず薄っぺらな印象だが、執拗な気配がないので逃げ腰にならなくてすんだ。

「お母さんと一緒ですか」

「ええ、紅葉《もみじ》を見に来ました」

墓参とは言わなかった。優雅な話をしたかった。男は彩子が電話口で泣いたのを知っていたのである。

「この街に、紅葉の名所があるんですか」

「名所というほどではありませんが、ちょっとした紅葉谷がありまして。しかし今夜の雨で、流れが溢れて大変かもしれない」

そこまで言ってしまって彩子は後悔した。やはり紅葉の話などするべきではなかった、と思った。苔のはえた川床を、気の遠くなるほど長い時間流れ落ちた記憶が、体の芯を凍りつかせる。一分か二分、泣きわめきながらずるずると滑り落ちただけかもしれないが、四歳だった彩子には、大地の裂け目にくわえこまれ、冷たい水で鼻も口も塞がれ、体中を岩に嚙みつかれたような恐怖だった。目の前を、朱色に光る空が二度も三度も通りすぎ、やがて気を失ったらしい。彩子は紅葉の葉を拾っては流れに乗せて遊んでいるうち、足を滑らせて流水に落ちたのだった。

雨のあとで水量が多かったのと、苔が滑り台の役目を果たし、三十メートルも下まで落ちてようやく木の枝にひっかかった。ひっかかったとき木の枝で側頭部の皮膚が数センチ裂けた。いまも髪を分けてみると、そのときの傷は見つかる。明日秋代を連れて行くつもりの省平山の紅葉谷でのことだった。

どんなふうにして助けられ、病院へ運ばれたか一切記憶がない。流れに落ちこむ前の記憶なら、おぼろげに残っている。

だから省平山に、とくに紅葉の季節には行きたくなかったのだ。

彩子はビールを飲み下した。冷えた流れが体の真中を貫いた。

男が彩子の傍らに来て、片膝をついて彩子の腕を摑んだ。もう一方の手で彩子の足のふくらはぎに手を添え、それをゆっくりと膝の裏の窪みまで這わせた。紺色のジャージのスカートが男の手の侵入を容易にしている。

「私の部屋に来ませんか。あなたの泣き声を聞いていて、急にそんな気になったんです」

男の声は堂々としていてゆるぎなかった。彩子は息をとめて男の顔を間近に見た。

「なにか条件がありますか」

と男が訊いた。

「条件？」

「あるはずです。言ってごらんなさい。唇に触れるなとか避妊具とか、あなたのような人なら、いろいろあるでしょう。台風はあちこちに汚ないものを散らかして行ってしまうが、私を信用して欲しい。迷惑はかけませんよ」

男の指が膝の裏からさらに奥へ進んだ。彩子は無表情のまま、しかし男を突きとばすこともせず体を硬くしていた。紅葉の赤が激しく頭の空間を舞った。転がりながら鼻や口から冷たい水を呑みこんだ。鼻の奥に氷を打ちこまれるように痛みが走り、やがて気が遠くなる。

彩子はハンドバッグを持って立ち上がると、男の手を思いっきり払った。ガラスコップが、テーブルから転がり落ちた。彩子は後を振り返らずに廊下を歩き、短い階段を足早に上がり、部屋の前まで来て立ちどまった。そうして呼吸を整えた。男が追ってくる気配はなかった。

罰があたったのかねえ。

秋代の嗄《しわが》れ声が耳に蘇った。

彩子は音をたてないように木の戸を引いた。

秋代は布団の中で目を覚ましていた。

「痛むの？」

「……薬はどこだっけ」

彩子はボストンバッグから薬を取り出し、医者に言われている数のカプセルを水と一緒に母親に与えた。母親は娘にしがみつくようにしてそれを呑みこんだ。

母親の汗が匂った。酸っぱいような、女の匂いだった。彩子は半年で七キロも減ってしまった母親の体の線を目で辿《たど》った。腰骨が左右にとび出し、胸も平たくなっているが、大腿部の肉づきは変わらず、旅館の浴衣の上からもそのやわらかさが感じとれる。彩子は浴衣の裾を手早く直し、横になるように促した。

「痛くても少しはがまんしてね」

暗がりのなかで娘は母親に言った。

命じるように言ったあと、涙が溢《あふ》れた。こういう言い方しか出来ないのが情なかった。彩子は呼吸の乱れを母親に気づかれないように気をつかいながら、ひとしきり涙を流したあと、自分の太腿に手をあてた。そこには男が残した感覚が、増幅されてこびりついていた。

翌朝は乾いた青空が広がっていた。彩子は秋代と一階のレストランに降りた。昨夜は二時と夜明けの六時に秋代が目を覚まし、六時からあとは眠りの余韻をむさぼっていただけだから、頭は重く体もだるかった。

レストランの入口で昨夜の男が出てくるのとすれ違った。男は彩子たちが入ってくるのを見て席を立ったようだった。男の後から、

「先生、忘れものですよ」

と給仕の女が紙袋を持ってきて男に渡した。男は受け取ると、彩子を見ずに玄関に向かった。馴染みの客のような気配があとに残った。彩子のなかに嗤《わら》いが起きた。自分を指でつつくようなおかしさだった。女を追いかけてきて逃げられたのと、先生と、どちらが嘘か、あるいは両方とも嘘か。案外両方とも本当かもしれなかった。

秋代は濁った寝不足の目で、窓の外を眩《まぶ》しそうに見ていたが、彩子が促すと玉子をかけたごはんを茶碗に半分食べた。箸を置いた秋代は、緑茶を口にふくみながら、それまでみていたあまり快適ではない夢の続きを辿るように眉間に皺を寄せて少し投げやりに言った。

「省平山の紅葉谷で、あんた滑り落ちて大怪我したよね。あのときはごめんね」

「いまごろ謝るの？　四つのときのことよ」

「謝っときたいの。理解して欲しいとは言わないから」

秋代のたるんだ首に汗が滲んでいる。暑くはないのに鼻の頭も光っている。

「理解っていうのはねえ、あんたみたいにいい亭主に恵まれてる人には困難なことだけど……あとで思い出して解るってこともあるし」

彩子はまだ食べ終ってはいない。海苔の最後の一枚を歯でちぎりながら、注意深く秋代の声を聞いている。

「あのときはごめんね」

またそのひとことに舞い戻った。

「罰があたったかもしれないね」

秋代の両目と頬と唇が、真中に赤味を帯びて小さく縮んだかと思うと、その目に涙が浮かび上がった。

「罰なんか、あたるもんですか、母さんが何をしたって罰なんかあたるもんですか。堂々と胸を張って生きていればいいのよ」

彩子は、母親から吹きつける風を押し戻すように言った。それ以上の言葉を、封じこめたかった。彩子が紅葉谷の早い流れに落ちこむ前、ずいぶん長いあいだ独りで放っておかれたこと、さらにその前、省平山の入口で秋代が、彩子も見覚えのある男と立ち話をしていたことなどについて、何か言い出されるのは鬱陶《うっとう》しいことだった。母親はジュースを買ってくると言い、彩子が自分も行くと言ったが、待っているように言われた。

あのときの秋代の怒ったような緊張した表情と急ぎ足の後姿を、四歳の娘が覚えていたと、気づかせてはならないのだった。

「気弱になっちゃ駄目」

「そうだね」

「私が死んじゃったわけじゃないし、私、こんなに大きくなってるんだから」

秋代はまた、そうだね、と言った。彩子は秋代の口を封じるのは残酷なことかもしれないと一方で思いながら、黙って抱えておいて欲しくもあった。


タクシーを待たせたまま墓参を終えた。秋代は疲れが酷く、南に展《ひら》けた墓地のゆるい階段で何度も立ちどまり、背を伸ばして肩で息を繰り返した。

その墓地自体も山の雑木に囲まれていて、黄櫨《はぜ》や楓《かえで》は鮮やかな赤に染め抜かれている。澄んだ大気のせいで樹々の枝葉の末端までも輪郭を明瞭にした林のなかにあって、その赤は美しいというよりあざとく強引な発色をしていた。

省平山に回る？　と尋ねると、秋代はちょっと覗いてみたい、と言った。紅葉谷の近くまでタクシーで入れるので、行ってみることにした。墓地のある山の裏手が省平山で、車で十五分の近さだ。もっともタクシーを下りたところから、山径を二百メートルばかり歩かなくてはならない。上り下りが少いのは助かるが、径は細く低い雑木の間を曲りくねっていて歩きづらい。二人並んでは無理なので、彩子は秋代の後からその体を支えるようにして歩いた。

秋代はここでも十歩ごとに立ちどまり、

「このところ食べてないからねえ」

とか、

「筋肉が縮んでしまったみたいね」

などと自分に言い訳をした。

谷のふちに着いた。昨夜の風雨で吹き落とされた紅葉が、水流の幅を除いて下流まで谷の両側を覆いつくしていた。天井が抜け落ちたように空が明るい。朱色に閉じこめられた谷を期待していた彩子は、明るい谷に午後の陽光が直接落ちてくるそのあっけらかんとした光景に拍子抜けした。水量だけは多く、鳥の声も聞こえぬほどの音がたちこめている。彩子の記憶の中にあるそれはもっと湿った大気を密閉し、木もれ陽が水面や濡れた葉の上で躍っていた。

「落ちちゃったね、台風で」

と彩子が言った。

「でもこの方がいいよ」

と秋代が言った。のびやかな、突き抜けていくような声だった。

「白状しようか」

「なにを？」

すっかり枝ばかりになった紅葉の木の上から、白い清潔な光条が斜めに落ちてきて、二つの影を谷の斜面に作り出していた。彩子の影より秋代の方が細く小さかったが、生命の力が内側から押し拡げるようにふいに秋代の影が膨らんだ。

その直後、秋代の澄んだ高い声が彩子の耳元で弾けた。

「やめた、話すの勿体《もったい》ない」

悪戯を隠す子供のように、無邪気な顔になって谷の対岸にむかって微笑した。

「ケチねえ」

彩子はいまのこの微笑のまま、母が消えてくれないかと思った。もしかしたらあのとき母は、木の枝に引っかかって気を失った四歳の娘を見て死んだと思い、一時の開放感を得たのかもしれない。彩子もいま、母の死を想像して安らぎを覚えたので、そのときの母の気持がわかるような気がした。

彩子は秋代の体に腕を回して抱えこんだ。すると伸びた二つの影がひとつのかたまりになり、頭の部分がくっついて巨大な橋が鮮紅色の谷にかかった。

晩秋

祖母の幸田豊香が死んだとき、孫の冴子のみならず親族の誰もが考えたのは、その家屋敷がどうなるのだろうということだった。

豊香は八十二歳の享年まで、お手伝いの正子と二人で、この古くてだだっ広い、冷暖房など考えの範疇になかった時代に建てられた家で、つましく暮してきたのだった。

昭和の十年代に、持ち山の最高級の檜《ひのき》を伐って建てたというだけあって、一間幅の広縁の床は木目が美しく揃い、六枚並んだ硝子戸の枠もその上に渡された梁《はり》も、蟻が出入りする隙間もないほどしなやかに組合わされている。豊香の死でそこに無残な隙間が生れ、雨水が伝い落ちてくるような気がしたのは、冴子だけではなかったはずだ。

だがあれから一年、一周忌をひかえた晩秋の日まで、家は主《あるじ》を失ってそこここに翳りを張りつかせてはいるものの、精緻な枠組をくずさずに重たく存在し続けてきた。豊香の生命と魂が棲みついてでもいるように、春には庭の梅の古木が白い花をつけ、やがてつつじもさるすべりも夾竹桃も派手に花を咲かせた。

一年たつと、花の色がすべて去って、豊香が死んだ日と同じ、疲れて黄ばんだ植木の枝葉に、秋の代赭色《たいしゃいろ》の陽が降りかかるだけの、沈静した景観に戻ったのである。

豊香の夫、つまり冴子の祖父は、五十近くまで裁判官だった人で、その後は亡くなるまで地元で弁護士をしていた。明治の気骨をその筋張った体と鋭い眼光に宿し、およそ屈託なく笑った顔など、冴子の記憶にはない。だが豊香は、ぼんやりしていても笑みが浮いているような人だった。長年茶道を若い人に教え、冴子も無理矢理生徒にさせられたのだったが、真剣なまなざしで茶釜に向かっているときでさえ、ゆったりと微笑しているように見えた。

あのころ週末には若い女たちが出入りしていた。いまはその茶室も屋敷の片隅に捨て置かれている。中は足の踏み場もないほど、茶道の道具や掛物、屏風《びょうぶ》や碁盤といったものが詰めこまれ、雨戸がたてられている。

冴子は庭に出て水の涸れた手水鉢《ちょうずばち》を覗きこみながら、小学二年の沙和子に言った。

「沙和ちゃんのひいおばあちゃんに、一度だけどひどく叱られたことがあるのよ。この手水鉢で小犬の水浴びさせたとき」

沙和子の兄の文也が近寄ってきて、

「小犬のトイレにもなるんじゃない」

と言った。中一なのに、冴子と同じ背丈がある。彼は、他の子供たちが早く来てくれればいいと思っている。小石を拾っては、庭の隅の槙の木の幹に投げつけ、五分前にも父親に叱られたばかりである。

「もうじき四郎ちゃんたちが来るから、それまで海に行って遊んでらっしゃい。文也、沙和ちゃんをちゃんと見てやって。ママ、明日の御法事のお手伝いがあるから、頼んだわよ」

文也はしぶしぶ、沙和子を連れて出ていった。海は子供の足でも、七、八分の近さである。冴子はここ十年ばかり海岸へ行っていないが、西陽に染まった海面が、夥《おびただ》しい数の小人を浮かべ、彼らが絶えまなく哄笑しているようなさんざめきは、どんなときでも思い描くことができた。


元々が女系の家なのである。豊香の三人の子供はいずれも女だった。長女の松代が冴子の母親で、松代の下に二人の妹がいたが、末の妹の千恵子は十四年前に死んでいる。

松代は今年還暦を迎えた。すぐ下の妹は松代より二つ年下で、千恵子だけが少し離れて、生きていれば今年で五十だ。

それぞれが結婚し、家を出た。近くに嫁いだのが松代だったので、冴子は他の孫たちより祖母に甘えて育った。

初盆《にいぼん》のとき、千恵子の夫篠田久春は仕事があって来ることができなかった。次女の夫は持病の糖尿病が悪化したとかで、やはり顔を出さなかった。冴子の父だけが、退職後の暇をもてあまして、初盆の客の相手をしていた。

一周忌にはちょっと無理をしてでも、亭主族も顔を出して欲しい、と松代は頼んだ。というのも、遺品を分けたり、共有財産となっている不動産の処分の方法など、彼らの意見を聞いた方がいいと考えたからだった。

ことに千恵子が死んでいる以上、その夫の久春には出席して欲しかった。久春は、今年大学を卒業して父親と同じ官吏になった長男と、大学生の次男の二人を連れて、前日当地に来ると連絡があった。お手伝いの正子が受けた電話では、これが最後になるかもしれないから息子たちも連れて行きます、ということだった。

それを聞いた松代は、どういう意味かね、と首をかしげた。親族が全員集合する機会は、これが最後ってことじゃないですか、と正子は言った。この家は間もなく潰されるから、この家に来る最後という意味だわねきっと、と松代は言った。

法要の案内状の宛名を書くために祖母の家に来ていた冴子は、そのやりとりを聞いて、全く別の感慨にとらわれていた。最後というのは、久春と自分との間に、地下水脈のように流れ続いている、あの記憶に関わる何かではないのかと。

叔母と姪ではあっても、千恵子と冴子は十三しか年が違わなかった。実家に帰ってきた千恵子が高校生の冴子を街に連れ出すと、デパートでは必ず姉妹に間違われた。顔立ちや仕草がよく似ていると、誰からも言われた。やはり同じころ、東京の予備校の模擬試験を受けるために、夏休みを利用して叔母の家に泊りこんだことがある。小さい子供が走りまわる狭い家に転がりこんだ冴子は、自分もあと十年もすればこんな結婚生活に入っているのだろうか、と複雑な思いで眺めていた。そのときの冴子の気持は、暗い万華鏡を覗きこんだようにすべてが入り乱れていたが、ひとつだけ記憶に残るほど明快なことがあった。他のことは千恵子の真似をしたくないが、結婚するなら久春のような男がいいと思ったことだ。

恋愛の経験もない、男を識らない少女の、身近な者への憧れであり感傷にすぎなかったが、久春のような男が久春そのものになるまで、さほどの年月は要しなかった。冴子が希望どおりの大学へ入り、遅くまで飲んで寮へ帰れなくなったとき、千恵子のアパートへ泊めてもらうことも何度かあったが、そんな夜、久春は兄か父親のように苦言を吐いた。千恵子は、早く寝なさい、のひとことだけ残してベッドルームに引き揚げるのに、久春だけは、どこで何をしていたのかを聞いた。久春と二人きりになると、冴子はとたんに挑発的な、反抗のまなざしになった。彼は困惑し、冴子の肩を抱いてなだめた。肩を抱いたまま、一分も動かないでいることもあった。

あのときすでに、冴子の中に発芽した恋愛感情は、根を張りつつあったし、久春の中でも、押さえつけられた熱が内へ内へと浸潤していたのではないだろうか。

千恵子が発病したのは、冴子が大学四年の夏の終りだった。豊香の強い希望で、郷里の大学病院で検査を受け、そのまま入院手術となった。当時七歳と四歳だった男の子は、手術の三日前に久春の母親と姉に引き取られ東京へ戻っていき、冴子は授業を休んで手伝いのために郷里へ帰ってきた。

左の乳房を脇の下の筋肉まで含めて切除する手術が終ったとき、あたりは暗くなっていた。待合室で待っていたのは久春と冴子で、久春は執刀医に別室に呼ばれ、切除された肉の塊りを見せられたという。冴子のところへ戻ってきた彼の顔は血の気がなかった。二人は、麻酔で眠ったままの千恵子を松代に任せて、とりあえず家に引き揚げることになった。何時間も固い椅子に縛りつけられていた体は、まだ暑気がたちこめる外気に触れたとたん、熟《う》れて崩れるように力を失い、言葉だけが、磨ぎすまされた意識の細い管から流れ出していった。

「さっき僕は、怖いものを見てしまった」

「千恵子おばちゃんのおっぱい、私も見たことがあります。一緒に温泉に入ったとき、青白いふわふわしたものが、お湯の中で揺れていて、やわらかそうでした」

「怖いものというのは、それじゃあない」

　あのとき久春は、三十七歳だった。青年の直情からは遠くへだたっていたが、極限まで疲れた体の奥に発見したものを、そのまま押し出し解放されたいと思う、あの強い欲求をごまかしきるほどには、老いてもなかった。

「本当に怖いものだった」

　と彼はまた言った。冴子は黙って歩き続けていた。

「生きていてくれ、と思いながら、どこかで死を望んでいた」

「私もそうです」

　と冴子は言った。

「一瞬のことでしたけれど」

　と言い重ねた。

「肉の塊りを見せられたとき、あの広さで千恵子の肌が剝ぎ取られたんだと思うと、立っていられない感じだった。千恵子を愛している。あれは耐えられない痛みだ。それなのに、死を考えた。生きていればこの僕が、もっと痛い目に遭わすかもしれない、と思った」

「……たとえばどんな」

冴子は俯いたまま低い声で尋ねた。千恵子を裏切り、久春を共犯者にした言葉であった。答えを知っていて、相手に言わせる。冴子はあのとき、久春を道連れに暗い水脈にむかって堕ちていったのだ。

「必ずいつか、あいつを裏切る。死ぬような目に遭わせてしまいそうだ」

「愛しているのに？」

「愛していてもだ。もっと愛する人が出て来れば、そういうことになる」

久春は立ち止まって冴子を見た。

「風車《かざぐるま》みたいなんです、私も」

「私も、というと」

久春の顔が、近く大きく見えた。冴子は二カ月前に別れた男も、最後はこんな道路の片隅で、立ったまま重大な言葉を口にしたのを思い出していた。妻のある、久春より三歳年下の男だった。冴子は、自分が落着いているのを感じ、うすいかなしみを覚えた。

「私も、風車みたいに、千恵子おばちゃんを愛したり、嫉妬したり、羨《うらや》んだり、気の毒になったりします。くるくる回るんです、気持が。手術がうまくいって欲しい、生きて欲しいと思う方が、ずっと大きいですけど、死も考えました」

「ちょっとでも死を思えば、同じだな」

「そうでしょうか」

「こういう場合は、そうだ」

「仕方ないんです」

「仕方ない。君が現われた。だから仕方ない。君が東京へ出て来た春に、これは仕方ないことだと思った」

「私が千恵子おばちゃんに似てるからですか」

「似てないよ、どこも。君には棘《とげ》がある。千恵子は、あの乳房みたいに、やわらかくて無抵抗だ。しかし君には……」

深い呼吸を挟んでまた、

「棘があるんだ、僕をさすんだよ君の棘が」

と苦しげに、吐き捨てるように言った。

このとき冴子は、もっとも残酷で、根元的な悦びに支配されていた。同時に、彼の言葉を聞いたときの千恵子より激しいかもしれぬ怒り、苦痛に踏みつけられてもいた。怒りは久春に対してでも自分に対してでもなく、もっと広く大きい漠たる闇に対して、さらには、千恵子の生死や自分たちを絡めとる様々な感情を用意した過去の時間というものに対して、激しくほとばしっているのだった。

「千恵子には、生きていて欲しい。どんなに大変でも、生きていてくれなくてはならない。ずいぶん矛盾している。死んでくれたら楽だと思うが、やはり生きていた方がいい」

「私もそうです。そのためには何だって出来る気がします。でも多分何もしない。あっちは死ぬような苦しみと闘っていても、私の体は、二十二歳なんです。どんなに千恵子おばちゃんの苦しみを想像しても、体の中の血は激しくうごくばかりなんです」

「キスしてもいいかな」

「今夜そんなことをすると、一生、立ち直れなくなると思います」

「立ち直れなくていい。つきあってくれ」

久春は冴子を引き寄せると、冴子の首を力まかせに折り曲げ、半ば開いた口に唇を重ねた。ちょうど橋にさしかかった歩道の上には湿った夜気が澱《おり》のように重なり、そこに生じた空気の層を、橋の向う側の街灯が粗い点描のなかに浮かび上がらせていた。

体を離したとき、冴子は言った。

「おばあちゃんが眠ったら、私、茶室に行きます。来て下さい」

久春は、黙っていた。

待っていた豊香に手術の成功を報告し、あとは死んだ祖父に祈るだけだ、と言った。豊香は、左足の中風を呪った。役に立たなくてすまない、と言った。年をとって出来た子供が一番可愛いのに、と言った。それから久春に、ごめんなさいね、と謝った。彼は老いた義母に、大丈夫です、必ず良くなって帰ってきます、と言った。冴子はまた、腹が立った。嘘をつく久春が痛々しかった。

豊香が眠ったあと、冴子は豊香の傍らに敷いた布団を抜け出し、茶室に行った。そしてそこに、三十分間蹲《うずくま》っていた。だが久春は来なかった。茶室に至る廊下の、反対側の部屋に寝ている彼が、襖を開けることはなかった。

冴子は蹲ったまま久春を待っていたかというと、そうではない。千恵子の体に奇跡が起き、魚の歯のような石灰質となって散らばる病巣が、この祈りに免じて消えてくれないかと、ひたすら思い続けていたのである。

冴子は、実現しなかった悪魔の舌の感触を全身で味わいながら、ほとんど泣き出しそうに体を屈めていた。それはまた、快楽の一種でもあった。久春がなぜ現われないかは、もはやどうでもよかった。彼もそのとき、自分を両腕の中に抱えこみ、風車のようにめぐる千恵子の生と死に、やみくもな祈りを捧げていたに違いない。

一年と二カ月後に、千恵子は死んだ。

手術後、病巣は卵巣と甲状腺に転移した。あの夜、久春は切り取った乳房を見せられながら、転移の可能性が高いことを告げられたという。そして二人の男の子が遺された。久春は別れて住んでいた自分の両親と同居し、二人の子供は祖父母と共に育った。彼らはいま二十二歳と十九歳になる。久春は再婚していない。その理由は、面倒だし子供が微妙な時期だから、というかたちで亡妻の実家には伝わっていた。

冴子はその後通訳の勉強をし、どうにか自分で稼げるようになったころ、母校の助教授と苦い恋愛をした。相手は独身だったが、冴子の方から結婚を断念した。その翌年結婚した夫の将一は、大学時代の知り合いである。大学は別だが、同好会で顔を合せたことがあった。友人の結婚式で再会しそのまま結婚へと進んだ。休日には文也をテニスに連れ出しテニスを教える父親像に、友人たちは理想の結婚を見ているようだ。

将一が高校時代に書いた論文を読んだことがある。校内で最優秀賞を貰ったらしく、文集の巻頭に掲げられていた。そのタイトルは「正統を愛せなくて、なぜ正統への反旗を振ることができるか」というものだった。中身の方は忘れたがタイトルだけは覚えている。

人生を割り切りすぎるところはあるが、夫として父親として安定した男である。父親の正義感、フェアネスといったものはそのまま文也に受け継がれていて、その点も冴子は満足していた。

久春と顔を合すのは、彼の父親の葬儀以来である。そのおり火葬場の待合室で久春の近くに座った冴子は、

「そろそろ再婚されてはどうですか」

という松代に、彼がどう応えるか見守っていた。

「いろいろ世話してくれる人もいますが、私は千恵子だけでいいんですよ」

真直ぐな言い方は、かえってその言葉を裏切っていた。彼は寂しげな苦笑で、自分の生活に差し入れられた余計な手を押し返したのだったが、それは決して、千恵子だけでいいからという理由ではないのを、周囲に感じさせた。

葬儀のあとで、松代や叔母が、

「久春さんは相変わらず暗い人だね」

という様な悪口を言った。千恵子の死後も再婚しない彼に千恵子の身内が向ける感想としては、少々酷な感じがした。周囲の同情を拒否する彼の性格は、女たちには概して不評であった。

まず、叔母たち一家が着いた。息子夫婦は翌日の法要に間に合うように来る、と言った。彼女は税理士をしている娘と、その子供三人を従えていた。続いて将一の父親が来て、花で飾られた祭壇に参っていった。彼は翌日予定を抱えていて出席出来ないから、と言って香典を置いた。久春の長男が、先に着いた。父親より前の便で来たと言う。それから一時間ばかり後、久春が大学生の次男と共に着いた。

たちまち膨れあがった家に、文也と沙和子が海岸から帰ってきて、子供たちの高い声が反響した。

冴子の目には、久春がやはり年をとったように見えた。五十二歳という年齢の男たちの中では、腹も出ておらず、頭の毛も薄くなってはいなかったが、髪の生えぎわは銀色に染まり、頬や顎の肉はたっぷりと量感をそなえていた。

それに何より、微笑が似合うようになっていた。父親の葬儀のときは疲労も重なっていたのか、剣呑《けんのん》で近寄りがたい雰囲気があったのだが、義理の母親の一周忌となれば別だろう。息子が親父をからからうのに反駁もせず、かといって自分の考えを差し挟むでもなく、静かに受け流している。彼はときに文也をつかまえ、学校のことやテニスの腕前を尋ねた。

鉢盛料理をとっての夕食になったとき、ビールを飲みながら久春が言った。

「冴子さん、すっかり落着きましたね」

「あと三年で、私も四十の大台ですもの」

「信じられないが、そんなになりますか」

将一が口を挟んだ。

「僕は千恵子さんという人に会えなかったが、冴子は彼女に似ていたんですか」

「いや、似てなかった。どこも似ていない」

久春が、何気ない調子で言い返した。

「でも千恵子の若いころの写真は、冴子にそっくりですよ」

と松代が言った。子供たちは広い縁に置いたソファーの上を走りまわっては跳び下りている。誰かが叱るが、一分と静寂は続かない。豊香はその世代の女特有の倹約性で、部屋にあかあかと電灯をともしたりしなかった。部屋の広さの割にはワット数の少い蛍光灯が、天井からぶら下がっている。子供たちが走りまわると、その影が座卓の料理の上をゆらゆらと行き来した。

「私には、二人が似ているとは思えなかった……名前のとおりの違いがあるように思えました」

「名前ですか」

と冴子は聞き返した。

「冴子、という名前と千恵子では、まるで違うでしょう」

「ええ、それはそうですが」

久春が冴子にあてたまなざしは、数秒間静止していた。誰もその静止に気づかなかったが、冴子の表情は強張《こわば》り、その裏側に何か鮮烈なものが結集するのがわかった。

「冴子という名前は、なかなかいさぎよい。昔のあなたにぴったりだ」

言い終えると久春は、急に顔の向きを変えて松代を見た。松代は、自分がつけた名前ではない、祖父が考えた名前だ、と言った。冴子は、久春に何か鋭いものをつきつけられた気がした。いまの冴子は、この名前にふさわしくないと言われた気がしたのだ。

翌日、空には晩秋特有の澄みきった空気が満ち、陽光の屑は、法要に訪れた人々の上に、菊の香りとともに荘重な華やぎをふりまいた。黒い喪服が、戸外の光の下では赤味を帯びて照り映えた。パールのネックレスやさんごの数珠、あるいはよく磨かれて光る黒い革靴が、それを身につけた人々を、いつもより気高く尊大なものに見せていた。

遠い親戚筋から続柄も判然としない老人たちも出席し、二間続きの広い部屋はほぼ一杯となった。読経が終ると、およそ四十人の参会者は、二台のマイクロバスで墓地の近くにある料理屋へ運ばれた。

近い親族だけが墓参し、そこからそれぞれ歩いて帰ることになった。寺の墓地から幸田家までは徒歩で十五分もかからない。

三時半を少し過ぎた陽はまだ高く、女たちは剝げかけた化粧をかばい、片手で顔の上に陽陰《ひかげ》をつくりながら歩いた。風は涼しく、大事な儀式を終えた一行を慰藉《いしゃ》するように吹き抜けた。

橋まで来たとき、橋の右手に海が見えた。河口付近に、水鳥が群れていた。灰色の点のように寄り集ったなかから、数羽が飛び上がり舞い下りた。

冴子は先に走っていく子供たちを見ながら、夫とともにゆっくり足を動かした。夫の向う側には久春が、そしてその後には女たちがいた。女たちは屈託なく笑い合った。あの家はいくら檜づくりでも、不動産としてはタダ同然だと誰かが言い、土地はこの一年で二割はアップしていると若い連中が言った。お手伝いの正子の給料はいくらか、と聞かれて、松代は払われていないのだと言った。豊香からの遺産の一部が正子に与えられ、彼女は一周忌まではあの家を守るのだと言ってくれている。いよいよ辞めるときは退職金を出さなくてはならないでしょう、と松代が言うと、他の者たちは賛成も反対もせず黙った。

叔母の亭主が、糖尿病でむくんだ体を大きく揺すりながら言った。

「一周忌も済んだんだから、そろそろ不動産屋を入れてもいいだろう。いつまでもあのままってわけにもいかないんだからな」

誰も何も言い返さなかったが、久春だけが河口のかなたに目をやり、

「千恵子が手術した夜、ここを歩いて帰ったんです。そうでしたね冴子さん」

まるでこうした話を聞いていなかったように言った。冴子は、

「ええ、覚えています」

と夫の向うを歩く男にきららかな声で言った。冴子の体の底を、雲母の砂がさらさらと流れた。それが吹き上がり、火の屑のように落下した。大した悪い女だ、と冴子は自分のことを思い、久春も、悪い男だ、と思った。

「とても恐ろしい夜でした」

と冴子は続けて言った。久春が何も言い返さないので、また言った。

「あの夜、地獄の淵まで行って、本当に怖いものを見てしまいました。この橋を渡るとき、私、生きた心地がしなかったわ。あれからあの家に帰って、私、茶室に蹲って、ずっと震えていたんです。わかります？　二十二歳の若い体が、地獄の淵を覗いたんですもの」

従妹のひとりが、そりゃそうね、若い娘にはショックよね、冴子さんの憧《あこが》れの叔母さんだったものね千恵子おばちゃんは、と言った。将一は自分があずかり知らぬ昔の話には関心を示さず、若い男たちに最近テニスのラケットのグリップを変えた話をしている。太く健康な腕をつき出し、その恰好を説明していた。皆は、橋の真中あたりまでさしかかり、渡り終った子供たちは、河沿いの鉄のフェンスに絡みつく葛《かずら》の葉を、ちぎっては投げ合っている。

久春は一瞬立ちどまり、すぐにまた歩き始めた。そして、前を向いたまま言った。

「あれから十五年だが、私もずっと、怖いものを見続けています。あの夜、ここで冴子さんが言ったでしょう。一生立ち上がれなくなるって。そのとおりになってしまった。この橋でした。ずっと忘れられないでいる」

皆は久春の声に、妻を失った男のいまだに続いているらしい悲しみを読み取り、溜息をついた。喪服の黒い華やぎは、溜息を優雅なものにした。だが冴子ひとり、官能の峻烈な針に刺し貫かれ、息を殺して肌を強張らせていたのである。

その夜、一堂に集まるのは恐らく最初で最後と思われる顔ぶれで、家と土地の売却方法が話し合われ、仏壇を今後誰が預かり法要はどうするかが議論された。仏事に関しては、予想どおり松代が面倒を見ることになった。

「この家、なくなるんですか」

今年任官したばかりの久春の長男が、寂しそうに言い、いまさらそんな声出すなよ、と別の男にたしなめられた。この家は、嫁いだ三人の娘が折あるごとに亭主や子供を連れて来た場所であり、冴子も叔母の子供たちも千恵子の二人の息子も、子供のころの記憶に染みついている。家がなくなれば、久春や彼の息子がこの地に来ることもなくなるだろう。千恵子の墓は多摩の方にあり、千恵子の身内とも急に遠くなる。

久春は、松代やその妹、亭主たちの賑やかな会話には加わらなかった。彼らの決定に何ら意見を差し挟むことなく、ほとんど無関心に、そしてその場に居なくてはならないのが苦痛でもあるかのようにときどき天井を見上げながら、ただ静かに見守っていた。

沙和子が奥の方からバタバタと走ってきた。手に花火が入ったビニール袋を持っている。

文也が冴子に言った。

「茶室のね、床の間の引き出しから、沙和子が見つけたんだ」

あら沙和ちゃんよかったね、と叔母が言った。人々は遺産がらみの話題に疲れていたので、沙和子の花火は、一陣の風のように皆の心をさらった。恐らく何年も前、夏休みにやってきた子供たちに豊香が買い与え、そのままになっていたものだろう。

沙和子が、庭で火をつけてもいいかと冴子に訊いた。

戸外は晩秋の湿った夜気がたちこめていた。寒いからよしなさい、と冴子は言った。こんな季節に花火なんて、御近所の人たちがびっくりするわよ、と言った。

「よし、私が手伝ってあげよう」

久春は立ち上がり、子供たちの歓声が上がった。

五人の子供が、久春について庭に出た。退屈気味だった久春の息子二人も出てきた。冴子も、祭壇のろうそくを持って、彼らに従った。

部屋の灯りが、夜露のおりた砂の上に子供たちの影を置いた。影は動き、影のなかにろうそくが据えられた。大学生の次男が子供好きとみえて、彼らの面倒を見た。喧嘩をしないで皆で分けるように言った。ビニールの袋の中身は、様々な色の様々なかたちの花火だった。彼らはその中身を奪い合った。

久春は息子たちが子供の相手をするのを見て、少し離れて立った。薄い灯りを斜めに受けて、彼は青年のように直立していた。だが、ろうそくが揺れて顔が下から照らされると、死を背負って立つ老人のように見えた。冴子は彼に寄り添い、彼に似たところのない二人の青年が、ろうそくの炎に銀色の細い棒をかざすのを見た。火はなかなかつかず、円陣をつくってしゃがむ子供たちは溜息をついた。

「火がつかないわね」

と冴子が呟いた。

「湿っているんだ。ずいぶん長い時間が経っている。十五年前には、この子供たちはこの世にいなかったんだからね」

「……ちゃんと、火がつくかしら」

「あの夜は怖かった。先が長いぶんだけ怖かった。しかしいまは違う。先がない。何が起きても平気になった」

久春の手が伸びてきて、冴子の腰を摑んだ、と思った。だがそれは、石灯籠の固い角だった。冴子はそれを、熱い銃身のように感じた。恐怖と痺《しび》れるような甘さが、そこから全身に広がった。

「あのときはすまなかった。十五年間後悔してきた」

「何をですの」

彼は言葉を忘れたように沈黙したのち、思い決めたように少し大きい声で言った。

「自分を火の中に投げこむ勇気がなかったことです。だが、いまはもう火なんか怖くない」

冴子の目の内で、ろうそくの炎と、灯りに照り映える庭木と、窓硝子の内側に寄り集まったいくつもの頭が、渦となって舞った。それらが一斉に崩れ落ち、人も家も樹木も消えうせた。そして塀で囲まれただけの暗い空地が現われ、その中に立っている久春と自分だけが見えた。

そのとき、沙和子のキャッという声が響いた。

花火に火がつき、白い輝きが弾けた。

沙和子の背中のつつじが、黄緑色に光った。十一月だというのにそれは新緑の色だった。

「うまく火がついたじゃないか」

「ええ、ついたわね」

冴子は、幾層もの思いを覆った久春の無表情を、恐ろしいと思った。その顔が冴子の方に振り向いた。逆光の黒い仮面の中に、三十七歳の男の真剣な顔が見えた。湿っていた花火だが、ひとつ火がつくと、あとは次々に白煙と火の粉を撒きちらし、あたりを真昼のように明るく染めた。

霧の底

湯布院《ゆふいん》は、北から湯の坪川、白滝《しらたき》川、東から津江《つえ》川が流れこむ盆地である。

水が豊かな高地だけあって、夏には霧が湧く。霧は天空を渡る風をよそに長時間この巨大な窪地に留まり、人々の肌を冷やし、草木の葉や幹、路傍の石にまでも水滴を付着させる——。

潮谷《しおや》美香子が二十六年ぶりにこの盆地を見下ろす場所に立ったのは、七月最後の日曜日だった。彼女と他の三人の仲間を乗せたマイクロバスが日田《ひた》の山あいを抜けて、足元が深くえぐられるようなこの崖の上に出たのは、すでに午後も遅い時刻である。

「これですよ、湯布院は。ここからだと霧に包まれた村がきれいに見えるんですが、今日は残念ですね」

運転手は車から下りてきた四人に言った。

眼下には、深い緑色の窪地が広がっていた。緑色は大地を覆う地衣類のように湿り気を帯び、細工物のような家屋を浮かべて揺らいでいた。揺らいで見えたのは雲のせいである。細い雲が縞模様の影となって流れ、盆地のすべてを水底の景色のようにゆらゆらと動かしていた。午後は霧も消えてしまう。美香子はそのことを覚えていた。

「ああ、あっちが阿蘇ですか。するとこの盆地も太古の昔は溶岩の海だったかもしれないな」

運転手が指し示す方向を見ながら、ヴィオラの壮田《そうだ》秀三が感嘆した。チェロの鈴木弘、美香子と同じバイオリンの青木夏子も、なかなかのものですね、とそれぞれの感慨を口にした。壮田も鈴木も、もう四十の峠を越えて体型が丸くなっていた。青木は美香子が出た音大の二年後輩で、今年三十四歳。クァルテットのなかでは一番若いが、すでに二人の子供がある。美香子にも八歳になる女の子がいる。母親と娘との三人暮しで、娘の父親とは去年正式に離婚した。幸福な結婚生活だったとは言えないが、母娘三代の生活はうまくいっている。

「潮谷さんは福岡出身だから、このあたりもかなり詳しいでしょう」

黙ったままの美香子に鈴木が声をかけた。

「子供のころ、一、二度来たくらいでしょうか。十六のとき東京に出ましたから」

美香子は、この地点に立ったときから騒ぎ立っている胸の内を気取られないために、ゆったりとした微笑を浮かべて言った。

「最後に湯布院へ来たのは、たしか十歳の夏でした。あれ以来だわ」

美香子は自分に呟いた。午前中は毎日のように霧に包まれ、昼近くなると風で吹き払われた空から容赦ない白光が落ちてくる、あれは人生の裂け目のような夏だった、と思った。

四人は再びマイクロバスに乗りこんだ。後部座席は四人の楽器や荷物で埋まっていた。福岡から日田の山あいを走ること二時間余、東京からは一日がかりの場所である。これから一週間、この盆地で音楽祭が催される。車は、すでにその賑わいを見せている湯布院の街に向かって下っていった。あれは人生の裂け目のような夏だった、とまた美香子は信号を隠すように繁った街路樹を見上げたときに思った。

父が自分を連れてきたのは、多分母が無理やりそうさせたのだろうと推測している。ということは母もあの女の存在を知っていたことになる。女は確か、やよいと言った。平仮名の名前だったので、美香子も女の家の表札を読むことができた。湯布院のどのあたりにその家があったのか全く見当がつかないが、すぐ近くに川が流れていた。やよいには美香子より二つ年上の男の子がいた。目が大きく、端整な顔立ちだが、それがかえって子供らしくない暗さをつくっていた。十歳の美香子にも、十二歳の少年の暗さがわかった。激しい気性が何か強引な力で押さえこまれるときに、あらわれる暗さだった。

父は美香子に、ここは旅館だと言った。旅館なのに女の名前の表札があるのは変だと言おうとしたが言えなかった。着くとすぐに散歩に出された。少年が金鱗湖《きんりんこ》という湖に連れて行き、夕方まで釣りをした。少年は釣りが下手だった。好きでもなさそうだった。帰ろうとすると彼は怒った。

「あと一時間、帰っては駄目だ」

そしてまた、竿を振った。男の兄弟がいない美香子は、少年の強い言葉が恐ろしかった。音をたてないように草の繁みに腰を下ろした。少年の背中が、クラスの男の子とはまるで違って見えた。肩が四角く、とがっていた。その背中が自分を見ている気がした美香子は、振り向いたら下着が丸見えのスカートを指で何度となく引っぱった。

マイクロバスから下り立ったとき、そんなはずはない、と反射的に思った。ここはあの家があった場所ではないと自分に言いきかせ、その証拠となるものを見つけるために、美香子の目はあたりを泳ぐように動いた。だがそうすることで、そこがまぎれもなくあの家があった場所であると確信する結果になった。

川沿いの道からの入り具合、敷地に隣接する寺の門や道の脇に立つ古い石碑に、たちまち体内の何かが反応した。足元の雑草や石ころまでが、いまや記憶の中に生き返っていた。

運転手が楽器を運び出そうとするのを、四人はめいめい自分で取り上げる。運転手はスーツケース類を車から下ろすと、迎えに出た男に引き渡していく。あの家があったあとに建っているのは、和風の旅館である。確かにあの家ではない。玄関に通じる小径には砂利が敷かれ、そのむこうにくぬぎの木々を透かして白壁が見えた。

「お疲れさまでした。しかし予定より早かったですね」

と迎えの男が美香子に声をかけた。美香子は、ええ、と半分頭を下げて、男を見つめた。少年に似ていなくもなかった。二つ年上どころか、四、五歳は上に見えた。美香子は、放心した状態の自分が、どれほど間が抜けて見えるかに気づいて、

「福岡からは高速道路が出来ていて、思ったより早かったですわ」

表情を作って男に応じた。

「お風呂はお好きなときにおつかい下さい。それから、実行委員会の山下さんから伝言がありまして、今夜こちらに打合せに見えるそうです」

男は一番の年配でクァルテットのリーダーでもあるチェロの鈴木に言った。玄関横の

ロビーに荷物を置くと、彼は四つの鍵を持ってきてそれぞれに手渡しながら、自分がこの山吹屋の主人の保坂だと挨拶した。

「ほさか、さん」

美香子は、青竹を削って部屋の名を記したキーホルダーの、うこん、の文字から目を上げて聞いた。

「保の坂です。うこん、はどう書いたか忘れました。どの部屋も薬草の名前をつけておりますが、漢字にすると主人の私さえ読めなくなるものですから、全部平仮名にしました」

「私のは、ういきょうだわ」

と青木夏子が言った。

「平仮名の方がいいわ、日本語をやさしくしますもの」

美香子は続けてこう言った。

「もしかしたら保坂さんのお母様、平仮名のお名前ではなくて？」

保坂が、黙ったまま目をしばたたいた。やがて悪戯《いたずら》を見とがめた教師のように、ゆっくりと微笑があらわれた。微笑だけでそれ以上彼は何も言わなかった。

レオポルト・ストリングス・クァルテットというのが正式の名称である。結成されて十二年になる。美香子はあるオーケストラで第二バイオリンの首席をつとめていて、三年前にこのクァルテットに参入した。レオポルトというのはモーツァルトの父親の名前である。離婚した夫は、同じオーケストラでチェロを弾いていた。美香子がこのオーケストラを離れたのには、夫との不和も大きい原因だった。

「三日目のフルート四重奏曲ですが、どうしましょうか、演奏の順番は」

訪ねてきた実行委員の山下が四人を均等に見て尋ねた。四人は鈴木の部屋に集っていた。

「プログラムでは、どうなってたっけ」

と鈴木が山下の手元を覗きこんだ。

「イ長調、ニ長調、ト長調、ハ長調の順になってます」

「どうしてこうなったのかな、よくわからないね」

このことは福岡からの車の中でも話題になっていた。モーツァルトのフルート四重奏曲全曲を演《や》るについて、フルート奏者の大沢明美がこの順番を言ってきたので、そのまま印刷したというのだ。ところが大沢は、そんなことを言った覚えがないという。モーツァルトの作品にはケッヘル番号というのがついていて、この順番から言えば、イ長調が一番あとに来る。四つのフルート四重奏曲のうちの前の三つは、ほぼ同じ時期に同じ依頼者のために書かれたものだとされている。

「大沢さんは、プログラムどおりでいいと言って下さってますが」

「大沢さんは明日こちらに来られるんでしょう？　彼女と相談しましょう。私はやはり、イ長調は最後に演《や》る方がいいと思いますが」

ひかえめに見えて鈴木は頑固である。ソリストの意見を、こうやって何度も変えさせてきた。

彼らの会話に美香子は言葉を挟まず、イ長調の第一楽章アンダンテのメロディラインを、胸の底にゆるやかに流していた。ふと目を上げると部屋の灯りが流れ出した先に、芝草が黄緑色に光っていた。芝草の上に、旅館の下駄が揃えて置いてある。あの男、保坂は、いま何をしているのだろうと美香子は思った。


ある夜少年は、部屋に入ってきて灯りをつけた。傍らに寝ているはずの父はいなかった。美香子は、夢の中に少年が立っているのかと思った。

「来いよ」

と目に炎を浮かべて言った。美香子は母が仕立てた浴衣を着て寝ていた。

「どこに行くの」

「いいから来い」

彼は暗い庭に出ていった。庭は暗かったが白砂の部分は灰色に浮き上がり、その中を少年の背中が進んでいった。家の角を曲がりこむと、膝の深さの草がまとわりついてきた。羽虫のようなものが顔にぶつかってくるたび美香子は立ちどまり、小声で待ってくれと言った。彼は手を差し出し美香子を摑んだ。そして、静かに、と言った。命じるような怒りの声だった。

雑草の中を進むと、離れの部屋が見えた。橙黄色《とうこう》の灯りが部屋の低い場所を染めていた。窓は閉められ、その内側の障子も閉められ、灯りはさらに内側から流れ出していた。

ずいぶん手前で少年は立ちどまり、

「聞こえるか」

と訊いた。

美香子は黙っていた。するとまた、

「聞こえるか」

と訊いた。闇の中で美香子は頷いた。

「かあちゃんの声だ。泣いてるように聞こえるだろう。ちゃんと聞いてみろ。泣いてるように聞こえないか」

彼は美香子の手を強く引き寄せ鷲摑みにした。浴衣の上から爪がくいこんだ。

「おまえの父親が、泣かせてるんだ。毎晩ああやって、夜中じゅう泣かせてるんだ。よく聞いとけ、ちゃんと聞いとけ」

走って逃げたつもりだがやはり足音をしのばせていたに違いない。砂の庭に戻ったとき、足が引っかき傷で股の上までひりひりと痛んだ。

「足が……」

と美香子は少年に訴えた。手で触ると、草の汁か露か血かわからない何かぬめっとしたもので濡れていた。

「洗ってやるよ」

彼はまた自分から先に立って歩き出した。庭の裏木戸を開けて、細い径に出た。この径は生け垣に沿ってめぐり、やがて川沿いの少し広い道に出る。美香子は震えながら少年の後を歩いた。そのとき、頼りになるのは父ではなく彼だった。

流れの音が黒々とした帯の底からたちのぼってきたとき、同じ道を後から自転車のライトが追いかけてきて、二人の横で停まった。老人のような声が言った。

「おまえら、何してるんだ」

「蛍とりです」

「蛍はもうしまいだよ。兄妹か」

「はい」

「早く家へ帰りなさい」

やがてライトは、またゆらゆらと揺れて小さくなっていった。

彼は木で作られた川面への階段を下りていった。昼間ここで、野生のアヒルに餌を与えている女を見たことがある。水音が大きくなり、水の匂いが鼻をついた。

「こっちへ来い」

彼は美香子を一番下の段に腰かけさせた。足を垂らすと足首が水に漬った。冷たくて気持がよかった。彼の手が伸びてきて、水を掬いあげては美香子の膝にかけた。そして少し乱暴に洗った。

見上げる川の幅の分だけ、星の川が眺められた。星の川は、水の流れと同じ方向に、またたき、音たてて流れていた。

「蛍とりだって、嘘言った」

余裕の出てきた美香子は彼の嘘をとがめた。

「もうしまいだが、このあたりはすごいんだ。おまえの父親が来るたび、俺はここで蛍とりしていた」

「よく来るの」

「知らんのか、何も」

美香子は、もう何も尋ねまいと決めて口をつぐんだ。彼は美香子の父親を憎んでいる。そのことが美香子の自尊心を傷つけていた。

少年は突然美香子の首を抱えこむと、冷たくて魚のような匂いのする唇を美香子の顔に押しあてた。唇ははじめ鼻にあたり、次に唇と顎に硬いかたまりとなってぶつかった。

「おまえの父親は、こんなふうにするんだ」

少年は鼻で息を吐きながら言い、

「いつか、お前の父親を殺してやる」

確かに彼はそう言った。

夜の闇の中での出来事は、色もかたちもないだけに記憶としてはきわめて曖昧になる。しかし翌日の陽ざかりの川は、鮮やかな水草のたゆたいと川面で躍る光のかけらとなって、長く美香子のなかでさんざめいていた。そのことを翌朝、青木夏子と散歩に出たときに、美香子はあらためて思った。あの日の川に降りそそいだ夏の陽光は、自分のこれまでの記憶のなかでも五本の指に入る光景だったと。

劇的なことが起きたわけでもなく、鮮烈な言葉をなげかけられたわけでもないのに、映画のタイトルから一個の場面が思い浮かぶように、過去の時間から立ちあらわれる強烈な情景というものが確かにある。

ここがそうだ、いやちがうと思いながら、美香子は川っぷちを歩いた。湯布院の街の真中を横切っていく川で、この川の周辺に観光のポイントが集っているらしい。旅館の若い女の子がくれた散策用地図によると、民芸村や古くからの旅館、土産物屋などが集っていて、川は金鱗湖に繋がっていた。金鱗湖の名は覚えていた。するとやはり、あの真昼の川はこれか、と思い返すが、コンクリートの壁で囲まれた疎水には覚えがなかった。

美香子は緑色の細長い藻が川床を埋めつくす水流を見下ろし、場所はここではないかもしれないが、水も水藻もそこに落ちる夏の陽も、こんなものだったと思った。はねかえる陽のかけらだけに焦点を合わせた写真のように、記憶の感光紙は峻烈なまま固定してしまっているし、その峻烈さは常に美香子の精神に、甘い絶望感や敗北感、さらにはかなしみや怒りといった特定できない複雑な感情を刺しこんでくるわけだが、だからといってその一枚の写真いや記憶が、そのまま実在したわけではないだろう。やはりあの少年が、あの風景を峻烈に、甘くしているのだと美香子は思った。

　彼は前夜美香子の足を洗った階段の下、水の中に膝まで漬って立ち、首をうなだれていた。夜美香子の足を洗ったとき、シャツの胸ポケットに入れていたサイフを落としたのだと言う。美香子が階段を下りていくと、彼の顔は水藻の色を映したように青かった。水藻の上を灰色の小魚が数匹、流れに向かって静止していた。少年の影が動くと小魚はさっと散った。沢山入っていたのかと訊いたが応えなかった。水藻に両手をつっこみ周辺を掻きまぜるようにした。彼の顔は濡れていた。対岸のサルビアの赤も燃えていたし雲母のような白光の薄片は少年の丸めた背に降りそそいでいた。流れに逆らって蹲《うずくま》る石のようなものに、美香子はすまないと感じた。少年はこの先ずっと、こうやって酷いめにあい続ける気がした。彼は怒り続け、反抗し続ける。しかしそれでも酷いめにあうのだ、と思った。十歳の美香子のなかに、初めて哀れみの感情が存在した。それは、勝者が敗者を見る感情でもあった。自分は多分この少年より幸福だし、この先もこの少年より幸福な人生を歩くような気がした。その違いは、自分に父がいて少年には父がいない、しかもその父は少年の母を泣かす力がある、という違いからきていそうだった。美香子は自分がサイフを失くしても、このように青ざめることも顔を濡らすこともないと思った。美香子は、自分も水に入って手を動かした。

「やめろ」

　と少年は怒鳴った。

「おまえのせいで失くしたんだから、おまえの父親から取り返してやる」

　彼は階段を駆けのぼっていき、上から美香子を見下ろした。下から見上げた少年の顔は大人のように複雑に歪んでいた。少年の表情には、刃物のような残忍さと、美香子への割り切れない何か未経験な感情が、混在していた。彼は美香子を見下ろしたまま、あと何を言っていいかわからない様子だった。

「きのうの夜、おまえにああいうことをしたから、罰があたったんだ。おまえの父親も、だからきっと罰があたるぞ」

　美香子はそこに独り残され、長いあいだ川面を睨んでいた。そして、少年にも父親にもあのやよいという猫のように肩を丸めた女にも、腹を立てていた。やよいは、美香子の母のように凛《りん》としたところがなく、いつも目を伏せて早口に小声で話す女だった。夜、離れから聞こえた声も猫の声に似ていた。陽ざしは美香子の体を焼いたが、風はやさしかった。真夏なのに赤トンボが川面すれすれに飛び交っていた。その夜父の車から小銭が盗まれた。材木商をしていた父は仕事用のバンを持っていて、その家の前を塞ぐように停めていた。車は鍵をかけていたが傷ひとつつけずに開けられていた。

翌日父は、美香子の前でやよいを泣かした。恩知らず、と父が怒鳴ったとたん、女がわっと泣き出した。猫のような声からは想像出来ないほど激しい泣き声だった。少年はどこかへ行ったきりだった。父は美香子を車に乗せると福岡の自宅へ帰ってきた。母が眉間に皺を寄せた顔で出てきた。そしてすぐに、優越感にみちた意地悪で愉快そうな顔になった。美香子を抱きしめて、すまなかったね、と言った。母の心音が美香子を心地よくした。

父の商売が傾きはじめたのはそのあたりからではなかっただろうか。

美香子が高校に入った春には、自宅も街にある事務所も担保にとられていた。父は、あちこち金策に走りまわっていた。そして美香子が十六のとき、水分峠《みずわけ》から南湯布院に抜ける山道で谷底の川に落ちて死んだ。車は大破していた。ブレーキをかけた跡がなかったことから自殺ということになった。そうではなかったにしても、父はやはり自殺を考えていたに違いない。商売柄、山の悪路には馴れていた。遺体のポケットから、あちこちの高速道路の領収書が出てきた。すべてその数日間の領収書だった。気位の高い母だが、それを見たとき初めて泣いた。

美香子がバイオリンを続けることが出来、音楽大学まで行けたのは、池袋で絶縁用の碍子《がいし》を作る工場を持つ母の兄のおかげである。美香子と母は、この伯父を頼って東京へ出た。故郷を離れるとき、美香子は湯布院の少年の言ったことを思い出した。罰があたったのだろうかと思った。母に話せることではなかった。夏の陽の下で揺れる水藻と、その深みの底に隠れて消えた少年のサイフを思った。父はあのあたりから下り坂になったが、自分はあそこから自分の目や耳で生き始めた気がした。東京に出ても負ける気はしなかった。父も母も気が強く激しい性分だったが、美香子は、両親よりもっと気丈なところがあった。

翌日の夕方、フルートの大沢明美が着いた。すでに音楽祭は始まっていて、各地から来た室内楽合奏団や合唱団、ソリストたちが、ホテルの庭や公民館、ゴルフ場の倶楽部ハウスなどを使用して、演奏会を開いている。ホテルや民宿はどこも満員で、山吹屋も家族連れや常連客が溢れていた。

その夜、公民館では福岡のオーケストラと新人の女性ソリストによるピアノ協奏曲「ジュノム」が演奏されていて、その応援に加わっていた鈴木と壮田が戻ってくるのを待って、大沢を加えてのリハーサルとなった。リハーサルは小学校の音楽教室で行われた。実行委員会から届けられたぶどうが、五人の前に盛られている。プログラムの順序は変えられ、イ長調は最後に回された。これは聴衆の耳に一番なじんだ曲だから最後がいいでしょう、と大沢は言った。音を聞きつけて近所の子供やその母親たちが窓の外に集ってきた。大沢は彼らを教室の中に招き入れ、誰も手をつけていないぶどうの皿を彼らの前に持っていった。大沢の唇はフルート奏者に共通する厚味をもち、温かく柔らかそうだった。木管の音色は唇から生れる、と音大の教授が言ったのを思い出した。大沢はフルートの古楽器である木製のトラヴェルソでも第一人者だった。美香子はト長調とイ長調の二曲を、青木夏子があとの二曲を受けもつことになった。

演奏するたびいつも同じことを思うのだが、モーツァルトのフルート四重奏曲は蜜の風である。この蜜をただやさしいと感じるか官能の揺らぎに結びつけるかは、人それぞれであろう。美香子はこの四重奏曲を奏《ひ》くとき、これらをモーツァルトが作曲したのは彼の（青春の旅）とも（大人への旅）とも呼ばれている大旅行中のことで、いわば父親レオポルトから離れて人生の苦汁を舐《な》めながらの時期だったことをいつも考えるようにしている。そのことを心のどこかに置いて弦を鳴らすとき、甘い流れの内に魂のあえぎのようなものが加わってくれる気がした。そしていま、美香子は手を動かしながらまさにそのことを考えていた——あれも青春の旅、大人への旅だったと。

教室の片隅に、細い体の母親と男の子がいる。男の子は十二、三歳だろうか。両手を膝に乗せて、強いまなざしで美香子のことを見ていた。美香子は途中で何度かその少年に微笑を送ったが彼は笑い返さなかった。そのとき突然、二十六年前の少年の顔が見えた気がした。あの少年に二十六年の歳月を加えてみた。さらに宿の主人の保坂の顔をそこに置いてみてはっと胸を突かれた。やはりそうかもしれない、と思った。リハーサルは十二時過ぎまでかかり山吹屋に帰ってきたとき、保坂に会うことはなかった。

コンサートは無事終った。公民館から人の波が消え、安堵と放心と多少の反省とでメンバーは無口になる。反省事項は誰も口にしないが、各々がよくわかっていた。大沢明美の出来はまずまずだった。会場の音響も思った以上だった。

別のホテルに泊っている大沢と別れた四人は、山吹屋まで歩いた。川沿いの道は月が出ていて明るく、行き交う人々から声をかけられた。

山吹屋には保坂が待っていて、酒と二、三のつまみが用意されていた。四人は、保坂を交えて地酒のどぶろくで乾杯した。ささなば、と呼ばれる黒いきのこが白酒にあった。箸は、キーホルダーと同じく青竹を一本一本削ったものだった。美香子は保坂を見て、やはり違うような気がした。こうした細やかな心配りと、陽ざかりの下の少年とは結びつかない気がした。しかし面立ちには、何となくひっかかるものがある。

三人が部屋に引きあげたあと、美香子は保坂を呼びとめた。

「少し、お相手をして頂けませんか」

保坂は、

「ええ、よろこんで。こちらにいかがですか、風が通りますから」

と中庭の池の横に据えた陶器のテーブルとスツールにむかって歩いていった。池の中には灯りがともされ、緋鯉の朱が絹の布のように水中を動いた。二人は飲みかけの酒を運んできた。

「ずっと昔、お目にかかったことがありますね」

美香子は直截《ちょくせつ》に言った。

「……思い出しておられましたか。多分、そうだろうと思いながら、声をかけないでいました」

落着いた声に、美香子の方が驚いた。

「私は、この土地に記憶がありました。でもあなたはどうして私を？」

「あなたが東京シティオーケストラにおられたときから、あのときの佐々木美香子さんだとわかっていました。いまはもう亡くなりましたが、母が何かの折教えてくれましてね。潮谷とお名前は変わっていましたが、テレビでちらと顔が映ったとき、ああ あなただ、とわかりました」

「いまはもう、潮谷ではないのですが、面倒臭いのでそのままにしています。しかし、とても信じられませんわ。いつここに旅館を？」

「母が亡くなる三年前ですから、まだ六年足らずです。あの家は、当時もかなり古かったし、敷地もいまの五分の一でした」

「そんなものでしたか」

　雑草に埋まったような陰気な家だった。その昔はかなり景気のいい家だったのではないだろうか。

「借金しては買い増していって、客室も継ぎ足し継ぎ足しです。それでようやく二十室です。採算が合わないけれど、何とかやっていける。いまも借金だらけです」

　客室の半分は、山荘風の別棟になっている。

　美香子は、まじまじと男の顔を見た。ぶしつけな見方だったが、彼とわかってみればそれが許される気がした。

「不思議ですか」

「ええ、昔の記憶が強いものですから」

　とそこで言葉を置かなくてはならなかった。やましさと気恥しさが、ふいに美香子の胸を占拠した。

「そうですね、あなたは昔のあなたのままですが、私はかなり変わったでしょうね」

「こんな御商売に向いた少年には、見えませんでしたもの」

彼は、ははは、と切れのいい笑い方をした。放逸でありながら、暗く強靭な細い線が一本張りつめていた。美香子はそこにあの少年を感じ、少し落着いた。

「長崎の工専に行き、帰ってきて大分の自動車工場に就職しました。そのあと、仕事を三つ変え、母親が貯めていた金を高利貸しに貸してひともうけしました」

「高利貸しに貸して？　大したものですね」

「私も働くのだから、金にも働いてもらおうと思ったわけです。苦労はありました。しかしあなたも、お父上が亡くなられたあと、大変だったのではありませんか」

「父が亡くなったのを、御存知でしたの」

「知ってます。その日、あなたの父上は、うちの母親を訪ねて見えました。事故が起きたのは、確かその夜です」

美香子は体が硬くなっていくのがわかった。事実とすれば母も知らないことだった。とたんに、美香子の顔は恥辱で赤くなった。父が何のために保坂の母親を訪ねたか、見当がついたからである。

「お恥しいところを見せたのでしょうね、父は」

かろうじてそう言った。だが保坂の声は、美香子の羞恥心をさりげなくかわした。

「いや、堂々としておられましたよ。子供のころ見たお父上と同じで、女に頭を下げるような方ではなかった。私は十八で、偶々《たまたま》長崎の工専から帰ってきていましてね、その場にいたわけですが、昔のままでしたよ。母が貯めていた金を都合してくれ、というような用向きでした」

「……何と言っていいか」

「母は小金を持っていました。私の父が死んで残された金です。私の学資として貯めていたようですが、半年だけという懇願にあって、母は貸す約束をしたんです」

「何ですって」

「母は気弱な人間ですし、生きるか死ぬかのせとぎわの人を見ると、嫌《いや》が言えないタチなんです。それで私も、ずいぶん苦労させられました、ははは」

とまた彼は笑い声の中に逃げた。

「そのお金は？」

「翌日銀行から下ろすと母が言うと、お父上は安心されて上機嫌になられた。夕食を召し上がられて、あしたまた来るとおっしゃって帰られました。その夜、あの事故です。結局、お貸ししませんでした。当時は大した金額ではありませんでしたが、その金がこの旅館の敷石ぐらいにはなっているでしょう」

「それはよろしかったわ。いえ、父の死は娘にとって大変な苦しみですが、そのお金があっても、父は再生出来ていなかったでしょう」

「あのときお父上にしてさしあげられなかったことを、少しでもあなたに、という気持があります」

「とんでもない。父のことだから、お母様やあなたに満足なこともせず、勝手な我儘をしていたのでしょう。そのことは、子供心にも感じていました。父のエゴイズムが、結局は商売にも響いたのだと思います」

それには何も応えず、彼は顔を上げて明るい声で言った。

「どうです、もう二、三日泊っていらっしゃいませんか。私も少し、話し相手が欲しい。これまで結婚は金の無駄遣いだと思って、独り身を通してきた。しかし、金も遣いみちが肝心なんでね。あなたのために何かしたくなってきた」

鯉がはねた。光のしずくが池の面に広がった。美香子は表情が強張《こわば》るのを隠すために、鯉を覗きこむようにした。保坂の声には、男の匂いがあった。いくらか粘着質に、絡みついてくる気配もあった。おまえの父親はこんなふうにするんだ、と言って美香子に唇を押しあてた少年の、刃先に似た情念を思った。

「二、三日ぐらい、いいじゃないですか」

彼は執拗に言った。そうですね、ひと晩考えてみましょう、と美香子は笑って応えた。虫の声と保坂の視線に見送られて、部屋に戻った。美香子は、自分の昂《たか》ぶりの理由がわからなかった。

深夜、人気のない温泉に体を沈めた。開け放たれた窓の外には目隠し用の竹垣がめぐらされていて、手前にはツユクサやアザミが繁茂している。手が加えられていない野を模した庭の青や赤の花の色が、湯殿から流れ出した灯りを受けて、昼見る花にはない色艶を帯びていた。

二、三日なら居残ってもいいな、と美香子は思った。いややはり帰ろう、と思い直す。とりあえず仕事にはさしさわりはないが、この土地の記憶は心を安めるには濃くて重すぎた。そうか、父は死ぬ前にやよいを訪ねたのか。そして金を無心したのか、と思った。藁《わら》をもつかもうとした父が痛ましかった。他人に頭を下げることが出来なかった父のことだから、別れた女を訪ねて勝手を頼むときにも、不遜な口のきき方をしたに違いないと思った。女は父に言いくるめられ、金を貸す約束をした。偶然にもその夜の事故だった。

そのとき何か、気遠くなるような嫌な光が胸の内を走った。その光を追いかけて全身から汗が吹き上げた。心音が、突然高くなった。

美香子は湯から上がって水をかぶった。

まさかと思いながら、愛らしい色が散った庭を見た。父の車から小銭が盗まれたこと、当時保坂が工専の学生だったこと、そしてその後大分の自動車工場で働いていたこと、さらには、あの夜暗いなかで言った「いつかおまえの父親を殺してやる」の声を、次々に手繰り寄せた。美香子は二杯目の水をかぶりながら、今度は自分の想像を嗤《わら》った。水は乳首にあたり、乳首とその周辺が、固く盛り上がった。三杯目の水をかぶると太股や胸にも鳥肌があらわれた。美香子は、どうにも始末の悪い友人を見るように自分の体を見下ろした。男の体から遠ざかった不満を訴えているのか。それともこの鳥肌はたったいま湧いた想像によるものか。

荒くなった息を鎮《しず》めるために彼女は鏡を覗きこんだ。鼻と頭と額に玉の汗が浮いていた。

居残ってもう少し保坂と話してみようか、と思った。そうすればもっと何かわかるかもしれない。

そのとき、入口の木の扉がコンコンと鳴った。

「入ってらっしゃいますか」

保坂の声である。美香子はタオルで体を覆い大声で応えた。

「はい、入ってます」

「どうぞごゆっくり。滝湯を流しましょうか。疲れがとれますよ」

「ありがとうございます。でも、もうあがりますから。庭がきれいですね」

それきり男の声はしなくなった。夜の底をさらさらと湯が流れていた。

飛花まぼろし

空は淡紫色の雲に覆われ、生あたたかい風が渡る日曜の午後だった。三保子は自宅に近い果物屋で買ったイチゴを手に、堀端の道を歩いていた。

堀は昔の城跡《しろあと》をコの字型にめぐっていた。城跡は少し高くなっていて、公園として使われている。そして堀の内側をめぐる道は、斜面を埋めつくす桜の古木が、道幅の半分近くまで身を乗り出していた。

国立病院は、その道のつきあたりにあった。

水と木々を従えた病院は、堀の外側を走るバス道路からは、森の中に頭だけ出した古城のように見えた。

しかしその昔は結核専門の病院だったことや、堀の向うに建っていることなどから、街の人々の生活から隔絶された印象を与えていた。

三保子は時計を見た。二時を少しまわっていた。この時刻にしてはあたりが暗かった。頭上にかぶさった桜の花のせいである。肌色が幾重にも重なり、それでなくとも曇っている空の明るみを遮っていた。しかし桜と雲の遥か上方に在る春の陽は、これらの淡々とした層を通して、四月の、いくらか湿り気を含んだ白光を投げかけていた。

こんなことをしていいのだろうかと三保子は、堀の水面に浮かぶ睡蓮を見ながら思った。睡蓮の葉はどれもまだ手の平ほどの大きさで、つい最近水面に顔を出し、棒状の若い葉をほどいた、といった感じに、やわらかな赤味がかった緑色をしていた。それらの円型の葉の上にも、桜の花は落ちていた。

三保子は立ち止まって、水面を覗きこんだ。睡蓮の葉の影の中に、水の深みが読みとれた。汚れた暗い水は、底の方に泥や朽葉を堆積させているらしかった。

三保子はまた、こんなことをしていいのだろうかと考えた。思いとどまるなら今だった。来た道を引き返せばいいのである。

藤木直人がこのことを知れば、怒るか悲しむかするだろう。三保子が一番恐れていることは彼の怒りでも悲しみでもなく、自分への失望だった。藤木と恋に落ちて、彼と愛しあった三年間の中で、彼を失望させたことがなかったとは思わない。しかし、今日の自分を知れば、黙って去っていくかもしれない、と三保子は思った。

三保子は堀端に蹲《うずくま》った。藤木が妻の病気を三保子に話したのは、まだ体の関係を持つ前だった。藤木は辛そうに話しながら、三保子がどんな反応を示すか、それを注意深く見ていたに違いない。こころ魅かれている男の妻が不治の病いにかかっていると聞いたとき、万一、三保子の心に優越感やある種の驕《おご》りの気配が動いたなら、彼はその後、決して三保子を抱くことはなかっただろう。

あのとき三保子は、思わず繋いでいた手をほどき、藤木の体から離れようとした。

「どうして私に話してしまったの。そんなこと聞いたら私、あなたとキスすることだって苦しくなってしまう」

「すまない。どうしても言いたかった。千賀があんな状態なのに君を好きになってしまった。苦しいんだ。君に話してしまえば、少しは楽になるかと思ったんだよ」

彼は三保子の前で頭を抱えた。四十の男は、自分の涙を見せることが出来ないらしく、三保子がその手を引きはがそうとすると体を反らして立ち上がり、ポケットからハンカチを取り出した。

三保子に向けた顔は、目とその周縁が赤く脹《は》れていた。

「人の心ってのは、全く理不尽だな」

と言って苦い笑い方をした。

藤木と結ばれたのはそれから半年後だった。三保子の方から誘った。三保子と会っているときの藤木は、いつも千賀のことを考えていた。千賀の実家に預けた二人の娘のことを考えていた。そしてそれを、三保子の前で隠さなかった。三保子が自分を投げ出すようにして結ばれたのは、藤木がいたましかったからである。男としての欲望が、夫や父親としての良心や分別を乗り越えて三保子の体の上に押し寄せてきたとき、三保子は彼の顔面に走る、苦痛の裂け目を見た。三保子はただ彼の頭を掻き抱いて、いいんです愛してるって言わなくていいんです、と繰り返していた。

藤木が妻の闘病中に他の女に「愛している」と言えない男であることも、その言葉を口にしないまま女を抱くことが出来ない男であることも、三保子にはわかっていたから、三保子は、彼にその言葉を言わせないようにするしかなかったのだ。

藤木はその後も三保子に「愛している」と言ってはいない。しかしその言葉を口にさせない三保子に、彼はそれ以上の言葉と感謝の気持を伝えてくれていた。

「時期がきたら子供たちに会ってくれないか。僕の家族に会ってくれないか」

三十二歳まで独身できた三保子は、彼の申し出の意味が胸の奥深くまで染みこんだ。

「時期が来たら、会わせて下さい」

三保子もありったけの思いを、この短い言葉にこめて応えた。

あのときの藤木への思いはいささかも色褪せてはいないし、藤木の自分への感情も、高まりこそすれ薄れてはいないのに、この一、二週間、やみくもに藤木千賀に会ってみたくなったのはどうしたことだろう、と三保子は、水底に何ひとつ見えもしないのに、水面の黒々とした部分を凝視して考えた。かすかに睡蓮の茎のような、棒状のものが伸びているのが見えた。視界の遥か外側で魚がはねる音がした。目を上げると堀の向うの歩道にめぐらせたフェンス越しに、少年が釣り竿を伸ばしていた。少年の顔は見えなかったが、彼の後方を行くバスの青い線が竜の髭《ひげ》のように流れていった。

三保子は、千賀に会ってみたい思いがどこから来ているのか、見ないですむものなら見ないでおきたかった。しかし、目をそむけた瞬間わかっていたのである。

嫉妬だけではなかったが嫉妬が大きかった。藤木の前ではほとんど自覚しなくてすむこの感情が、一人になると頭をもたげてきた。同情や申し訳なさも無論あった。ときにはこれが妬心を遠くへ押しやってくれる。自分よりたった五歳年長の女が、確実に死に向かって歩いているのだ。同じ一人の男を愛している女だからこそ余計哀れみをさそった。他人とは思えない同情に胸が塞がることもあった。にもかかわらず、藤木との間に二人の子供をなし、病床にあっても彼の心を奪っている女に、特別な胸さわぎを覚えないではいられないのだった。

半年も前になるだろうか、藤木の家に近い総合病院からこの国立病院へ移されたと聞いたとき、三保子は何気なく、

「いちど遠くからでも、お目にかかってみたい」

と言ったことがある。国立病院へ移されたのは、病気が末期に入り、苦痛を取り除くための特別の治療を受けるためだということだった。だがそのとき、彼はいつになく強い口調で、会わないでおいてやってくれ、と言った。

「あんな姿を誰にも見られたくないだろうから」

三保子は無論、藤木の恋人として会うつもりなどなかったし、重い病いに苦しむ女を不快にするつもりもなかった。そして二度と、彼女に会いたいとは言わなかった。藤木も妻の話をしなくなった。週に一度か十日に一度二人が会うと、お互いに労《いたわ》り合うように結ばれ、離れていった。

「すまないね、こんな会い方しか出来なくて」と彼はホテルのベッドで言った。

「さあ、早く行ってあげて」

まだ早い夜の、気ぜわしい性の交わりのあと、彼をせかして帰したこともある。この数カ月は、三保子の方から、奥さんはいかが、と尋ねることさえしなかった。三保子が千賀の病状を尋ねることは、彼女を死に追い立てるような嫌な気がしたからである。

三保子は立ち上がった。桜の花の色がめまいを誘った。三保子はイチゴを持ってきたが、千賀に手渡すなどという大それたことをするつもりはなかった。病室を訪れる者が手ぶらでは具合が悪かったし、不審に思われるのも辛い。さりげなく病室の前を通り過ぎ、中にいる千賀を見ることが出来たらそれでよかった。藤木はいつも日曜の午後妻を見舞っていたが、昨日から出張でいない。他の病室を訪ねる恰好で、ちらとでも見ることが出来ないかと思いついたとき、胸が激しく打ち始め、藤木の愛情への裏切りのような気がした。胸の動悸はいまも続いている。

この病院へは初めてだった。玄関を入ると空気がひんやりと乾いていた。冷房の季節でもないのに山の冷気のように空気が澄んでいた。

受付に行き藤木千賀の病室を尋ねた。病室の番号を調べて教えるとき、受付の若い女は院内の地図を手渡し、このエレベーターで八階に上がって下さいと赤鉛筆で印をつけた。三保子はエレベーターの中でまた、こんなことをしていいのかと自問自答した。千賀の部屋のドアは多分閉じているだろう。病室だけ確かめて帰ってくればいい。その場合はイチゴを、適当なことを言って看護婦詰所に置いてこようと決めると、少し落着いた。

病室はすぐに見つかった。名札が掛けられていた。ドアも開いている。

三保子はそれだけのことを片目で確認したが、そのまま真直ぐ歩き続け廊下の端まで来て、また引き返した。廊下には見舞客も看護婦もいなかった。今度は少しゆっくり歩いた。もしも誰かに呼びとめられたら、階を間違えたことにすればいいと思った。

その病室は廊下に較べて格段に明るかった。開いたドアから自然光が流れこんでいた。広い窓がある部屋に違いなかった。

廊下に流れこんだ明るみの中に足を踏み入れたとき、

「どなた」

と声がした。三保子は立ちすくみ、あたりを見回した。相変わらず人影はなかった。

「入ってらして。少し寒いから、そこを閉めて下さらないかしら？」

三保子は反射的に言われるままにした。女は首を傾けて三保子を見ると、

「こんにちは」

と言った。色白で目の黒い、美しい女だった。痩せてはいるが見苦しいほどではない。

「娘の先生でしょ？」

女は目を閉じると、ちゃんとわかりました、と言いたげに微笑した。微笑したときの目の下の小皺が、オブラートを張りつけたように光った。

「上の娘の？　それとも下の方の担任の方ですの？　ああ、女性の先生だから、上の方

ですわね」

「……ええ」

「来て下さると思ってましたわ。娘に変わりはありませんか」

「……お元気です」

　と三保子は言った。三保子は女が想像した以上に元気で美しいことに、少なからぬ驚きと衝撃を覚え、藤木に裏切られたような気がした。藤木が実際以上に妻の病状を悪く伝えたか、自分がそのように受け取ったか、どちらかに違いないが、藤木は確か、妻の姿は見苦しいから会わないでおいてくれと言った。それほどの重病人には見えなかった。

「いかがですか、お体の調子は」

　かたい表情は仕方なかった。有難いことに相手は目を閉じたままだ。眼球を覆う瞼の上にも、毛細血管の網の目が浮いていた。そのときになって三保子は、女が若いころバイオリンを弾いていたと聞いたのを思い出した。音大を出て結婚する直前まで中学で音楽を教えていたと、藤木が話したことがあった。

「早くお見舞に来なければいけないのに、申し訳ありませんでした」

　と三保子は言った。彼女は目を開け、

「いいんです、そんなこと。それより上の子は扱いが大変じゃありません」

と言った。濡れたような目だったが青く澄みわたって、何か別のものを見ているように焦点が遠くに結ばれていた。

「お嬢様は、勉強も出来ますし、体も丈夫だし、何も心配要りませんわ。先週はちょっと風邪をひいて二日間学校を休まれたけど、お熱もすぐに下がって、大したことありませんでした。素直ではきはきした、とてもいいお子様ですわ」

なぜそんな言葉が口をついて出てきたのだろう。風邪のことも娘たちの性格のことも、すべて藤木から聞いたことだった。三保子はまだ一度も、彼女たちに会っていないが、いま自分が喋ったことに寸分の違いもないと信じられた。

「上の子は内向的で、思っていることの半分も口に出せないの。でも下の子は、お姉ちゃんの分も喋ってしまう。姉はいつのまにか、母親の役目も果しているんですね。わかってやって下さい」

「ええ」

「外は桜が咲いてるのでしょう」

「今日あたりが満開ではないでしょうか。そこからは御覧になれませんけど」

「窓を開けてみて下さい」

三保子は広い窓に手をかけて引いた。

窓は堀に面していて、眼下に盛り上がった淡い色が、暗い部分は薄墨色に没し、空に近い部分は赤味がかった白に輝いていた。風がゆるやかに揺すぶると、まるで三保子の吐いた息が吹き散らすように花弁が堀に向かって流れていった。堀の水は向う岸の一部が見えるだけで、手前はすべて花の海だった。水面の花弁は吹き集まり、まだらな模様をなし、一部は石垣にこびりついていた。先ほど三保子が覗きこんだ堀端とは方角が違うらしく、向う岸の景色に見覚えはなかった。

「開けましたよ」

「いい匂い」

「わかります？」

「ええ、花の匂いだわ。結婚して最初に住んだ家の庭にも、大きい桜の木がありました。夜はとてもいい匂いが入ってきました。でもあれは、花の匂いではなく、なにか別の匂いだったかもしれませんね」

「別のって」

「春の夜って、いろんなものが匂い立ってきますでしょう、水とか樹液とか、出はじめたばかりのやわらかい葉だとか。こわいような、ぞくぞくする匂いだわ。そう思いません」

「そうですね」

と三保子は言った。そうか、新婚の家に桜の木があったのか、と思った。その桜の木がこわいようなぞくぞくする匂いを家の中に送りこんだのか、と思った。三保子の中に不思議な感情が漂い流れた。嫉妬のようで少し違っていた。なじみのない新しい感情だった。

「私も若いころ、教師をしてましたのよ」

と女は言った。その声は若い女教師のように華やいでいた。

「ええ、そうですってね」

と言ってしまい、しまったと思ったが彼女は何も気づかず、

「音楽を教えてましたの」

と言った。それから、

「教師の仕事って、大変だけど面白いわね、そうでしょ」

と友人か後輩に話しかけるように言った。

「面白いです」

と三保子は応えた。

「私、来年の春には家に帰れると思うの」

三保子が振り向くと、女は相変わらず天井をつき抜けたずっと遠いかなたを見ていた。唇も、小鼻のふくらみも、爪をあてれば破れそうな薄皮でくるまれ、その皮膜を透かして血と肉の色が見えた。血も肉も赤くはなく、そこに淡い色の水が流れているような気がした。

「来年の春、というと、あと一年ですね」

「ええ、一年です。それ以上だと、主人も子供たちも可哀そうだわ」

「そうですね、早くお帰りにならないと」

「やはり閉めて下さい、その窓。冷えてきたわ」

三保子もそう感じたところだった。窓の外は妙に生暖かいが、風は窓のところでその体質を変え、室内に入ってくるとひえびえとした湿った空気になった。

「それでは私、そろそろ失礼しなくては」

「あら、そこにレモネードがあるから、飲んでいらして」

「いえ、咽《のど》はかわいておりません」

「だったら、主人が持ってきたマドレーヌはいかが？」

三保子は窓の横のテーブルの紙箱から、貝のかたちをした菓子を一個取り出し、口に入れた。胸につかえたが強引に呑み下した。

「私、本当に帰らなくては」

「またいらしてね、きっとよ」

三保子はもういちど、女の顔を覗きこんだ。微笑の目がなまめかしく美しかった。額から眉間にかけて浅く刻みこまれた数本のたて皺と、顎の下の皮膚のたるみが、女の年齢を感じさせたが、小さめの頭を縁取る髪は栗色に波うち、枕の上にゆったりと広がっていた。

「娘をおねがいしますね」

と女は言った。

三保子は口角を強引に引き上げ、お大事にと言った。それから音をたてないように部屋を出た。ドアを閉めるとき振り返ると、彼女は同じ顔で天井を見上げていた。

エレベーターで一階に下り、急ぎ足で玄関を出た。外に出たとたん、気温も湿度も高い空気に取り巻かれた。そのときになって、病院の中は肌寒かったことに気がついた。三保子が緊張し、背中に力をこめすぎていたせいかもしれなかった。

来た道を歩きながら、三保子はもう、桜の枝を見上げなかった。堀の水面に散った花弁も見なかった。目の前を何か灰色の小片が、ときおり三保子を覗きこむように舞いながら落ちていくのを感じていただけである。

藤木は私に嘘を言った——。

そのことだけが三保子の頭を占領していた。

千賀は美しいままだし、あの様子では一年後に本当に家に戻ってくるかもしれない、と思った。

三保子は絶望していた。絶望は何かひとつの事実に対して起きる感情ではなく、あらゆるものが色褪せ崩れるのだと思った。藤木にだけでなく、三保子は自分にも絶望していた。千賀の勘違いを利用して、学校の教師になりすますことの出来た自分に絶望し、千賀の若く元気な姿を見た自分の情動に対しても絶望した。これで自分の未来は消えた、と三保子は思った。藤木が信じられなくなった以上、彼とは別れるしかない気がした。藤木が妻の病状を偽ったのは、三保子の関心と同情を得たいからに違いなかった。それがほとんど無意識の心の作用であれ、騙されたという思いは拭えない。二十八の年まで勤めていた会社を辞め、この四年間は自分のアパートで市場調査などのアルバイトをするだけの身だった。三保子に調査結果の集計やコンピューター入力などを頼みに来たのが藤木で、三カ月間彼の会社に出張した。その後別の会社からも同じような仕事が入りはじめた。自分では結婚に憧れていたつもりはないのだが、外から見ればあせっているハイミスに見えたかもしれない。少くとも、結婚の可能性がまるでないとわかった相手と、遊びだと割切って性関係を楽しめる柄ではなかった。藤木はそんな三保子の生硬さを見抜いて、妻の不治の病いを伝えたのだろうか。

三保子は、たったいま会ってきた女が、何かの病いにかかってはいるにしろ、死を目前にしているとはとても思えなかった。やはり藤木とは別れるしかない、と思った。するとさすがに切なく、体から、大切に守り蓄えてきたものがハラハラとこぼれていくような気がした。目の前を通りすぎていく薄桃色の花弁を、三保子は自分の体の一部のように頼りなく感じた。

堀を渡ってバス通りに出る道にたどりついたとき、彼女は振り向いて歩いてきた道を見た。それは桜花のトンネルで、その下は淡い花闇が遠くに行くほど濃く重くなり、そのかなたの樹木の隙間から、国立病院の建物の一部がのぞいている。風が舞うのか、花屑が吹き上がり低い空に渦をつくり、あてどなく散り広がっていた。

そのとき三保子は、自分の手にイチゴがぶら下がっているのに気がついた。部屋を出るときテーブルの上に置いてこようと思っていたのに、気が動転していたらしい。再びあの病室を訪れる気力はなかった。彼女はイチゴの入った紙袋をぶら下げて、堀を渡った。堀を渡り切ったところに公衆電話のボックスがある。三保子は中に入り、電話機にもたれかかるとイチゴを一個食べた。いま藤木に電話を掛けても会社にはいない。嫌な苦しい時間を一人で耐えねばならなかった。二つ目のイチゴを呑みこんだとき、三保子は、千賀の病院に電話をかけて、自分は千賀の娘の教師ではない、と謝ろうとおもった。どうせバレることだ。声を掛けられたのでふらりと入り、適当に相槌を打ってしまった、マドレーヌまでごちそうになり、大変失礼なことをした、と直接本人にではなく、看護婦に伝言してもらえばいい。千賀は変に思うかもしれないし、夫に奇妙な女の話をするかもしれない。それでも構わないと三保子は思った。

三保子はいま、千賀に対する嫉妬心を忘れていた。あの女は何も悪くないのだと思った。それに三保子は、自分が嘘を上手につくことの出来ない女であると思ってきたから、あまりに滑らかに嘘をつけたことが不安になってきていた。どこかですでに千賀の目は見破っていたかもしれない。

三保子は電話帳を持ち上げ、汗ばむ手で頁をめくると電話番号を暗記した。

受話器をとり、ボタンを押して、西病棟を頼むと、別の番号に掛け直してくれという。三保子は汗で濡れたテレフォンカードを再度さしこみながら、自分は一体何をしているのだろうと思った。行きがけの堀端の道できざしたと同じ自問だった。嘘を訂正して謝ろうとする気持の中に、別のざらりとしたものも含まれていた。何か自棄的な波立ちだった。

視界の中に、いまは堀の向う側に連なる桜並木が見えた。こちら側からは逆光のせいか寒々とした灰色をしている。

「もういちど、お名前をおっしゃって頂けませんか」

と交換手らしい女の声がした。

「藤木千賀さんです……病名はわかりませんが、正面玄関を入って右の方に行き、つきあたったところのエレベーターで八階に上がりました。八階です」

「八階？　西病棟は五階までしかありませんが」

「そんなはずはありません。受付で紙をもらって、赤鉛筆でエレベーターの場所を教えてもらい、八階に上がりました」

「五階の間違いでしょう。お部屋の番号はわかりませんか」

「覚えていません。エレベーターをおりて、真直ぐ左へ行って右側の部屋でした。広い窓がある……」

「ちょっとお待ち下さい。調べてみます」

五階ではない、八階だとくり返して言おうとしたが、相手は音をたてて受話器を置いた。やがて彼女は戻ってきた。

「藤木千賀さんは……今年の一月十八日に亡くなってますね」

「え？」

「昨年の三月に入院なさって、一月に亡くなられておりますが」

「藤木千賀さんですよ」

「そうです。御主人が藤木直人さんです」

「いつ」

「ですから、今年の一月十八日です」

「たったいま、お会いしてきたんです」

「……………」

「本当です」

「……そうですか……しかしお亡くなりになっていますよ。御親戚の方？　それともお友達？」

明らかに相手の声が変わった。

「もう結構です」

電話ボックスの中は蒸し風呂の暑さで、三保子の胸と背中には濡れた下着が貼りついている。受話器を置いた手で胸をつまみ、下着と肌のあいだに空気を入れた。

外に出ると、ゆるい風を感じた。三保子はもういちど、堀をつっきる道を戻ろうかと考えたがやめた。ここからは、あの花の道を通らなくては病院へは行きつけない。

すぐ傍《かたわ》らにバス停があり、着いたバスの扉が開いたばかりだった。彼女は、吸い寄せられるように乗りこんだ。ステップを上がるとき、堀の対岸から見た竜の髭のような青い線が目に入った。このバスに乗れぱまた、とんでもないところに連れていかれそうな気がしたが、構わなかった。

バスの中は涼しかった。三保子は、体と頭が急に冴える気がした。バスは堀に沿って走っていく。三保子ははっとなって座席を堀の側に移し、窓の外を見た。桜が尽きて土手には柳が揺れている。バスが角を曲がると、木々の中に国立病院の建物が見えた。全容はわからないが、どう見ても八階建ての高さではなかった。あのとき受付でもらった案内図はどこに置いてきたのだろう。

三保子はまた、イチゴを口に入れた。自分は今日、あの病院へ行ったのだろうか。それとも堀端に蹲ったまま、夢でも見たのだろうかと思ったが、そのどちらもいまは信じられなかった。

しかしどうやら、藤木千賀が死んでいることは確からしい。一月十八日といえば三カ月近く前のことなのに、記憶があった。その日から突然、藤木が長い休暇をとったのだ。彼は自分の父が急病で倒れたと言った。三保子は彼にメロンをことづけた。

やはり千賀の死は本当なのだ、と思った。

ではなぜ、自分に黙っていたのだろう。

バスは堀から離れ、郊外へと向かっていた。曇り空は相変わらず薄日を蓄え、家並みや街路樹や店の看板に、紗《しゃ》の膜をかぶせていた。そのとき三保子は、藤木の笑顔を思い浮かべ情熱を直截にではなく、恥じらいのせいで揺れるまなざしに乗せてしか伝えることのできない性格を思った。「愛している」という言葉が口にできないで「子供たちに会ってやってくれ」としか言えなかった彼を思った。そしてその続きに、沼の中から白い気泡が浮いてくるように彼の言葉を思い出していた。

「もうすこしこのまま、千賀を生かしておいてやりたい……」

あれは一月の長い出張から帰った直後だった。顔を歪めてそう言い三保子を抱きしめた。三保子はいつもそうするように彼の頭を抱きかかえて、うんうんと頷いていた。

「僕はあとひき虫なんだ……」

ともあのとき言ったなと、その表情をたぐり寄せたとき、バスからの眺めがたちまち桜色に煙った。景色が輪郭を失い、世界のすべてが厚ぼったくくもった。

三保子は目を拭い、藤木を疑って悪かったと思った。千賀の死は知らないことにしておこう、三十二年も待ったのだから待つことには馴れている、藤木の心の中であの美し

い妻が本当に死んだときは、きっと自分にそのことを伝えてくれるに違いないのだから
と、三保子は濡れた指の爪を見ながら自分に言いきかせた。

スイカズラの誘惑

毎年その季節になると、友野敬子は気鬱になりふさぎこむことが多くなった。凛と張っていた早春の大気がぬるみ、陽光の粒子が首や手の甲をほてらせる季節になると、体の外側に溢れる柔らかな気配にあらがうように身内に重苦しさが生れる。

「大抵そうなのよ、生理のバランスが崩れるのは木の芽どきなの。あんただけじゃありません。私だって、体がかったるくなってね」

と近くに住む母親はにべもなく言い下して、本気で心配する気配もない。

今年はとりわけ酷かった。

桜の花が散り、そのあとに緑色のしずくに似た若芽が群がり出て、やがて莫大なエネルギーを秘めたかたまりとなって枝を占拠しはじめるころになると、敬子は買物に出るのも億劫になり化粧も面倒になった。

この症状は医者に行くほどではないがやはり辛い。いい季節になりましたね、と声をかけられるたび気持が滅入るのだ。

医者に行かなくとも原因は判っていた。若々しい生命が身辺に溢れることが、敬子の肉体、とりわけ子供をみごもる器官に打撃をあたえるらしい。

三十になった年に病院で診てもらったが、夫にも敬子にも不妊の原因は見つからなかった。

「いいじゃないの、子供なんかいなくったって。出来るときは出来るものよ。考えるほど遠ざかってしまうって言うじゃない」

あのときも母は楽天的に言った。母の言ったとおり考えないようにしたが、やはり望みは叶わなかった。

「考えないようにしてるのに、出来ないじゃないの」

「ほら、やっぱりあんたの頭の中、そのことでいっぱいじゃないの」

こうした会話が母と娘のあいだに持ち上がるのは、いつも五月だった。

三十代も半ばにさしかかったいま、敬子は妊娠を諦めている。諦めていても、体の方は未練たらしく、陽光が大地から生命を燃え立たせる時節になると嫌な反応を示すのだった。

その日も彼女は、一歩も家を出たくなかった。それでも習字の先生との約束をすっぽかすわけにはいかず、粉おしろいだけはたきつけ口紅を塗ると、背中にくくりつけられた鎖を引きちぎるようにしてマンションの玄関を出た。かけた鍵をハンドバッグにしまいこむとき、ほとんど反射的にサングラスを取り出して顔を覆った。

紫色にかげった視界にいくらか落着きを取り戻した敬子は、エレベーターのボタンに手をかけた。

敬子たちの部屋はマンションの最上階である。エレベーターは、敬子に呼びつけられた執事のように低い音をたてながら上ってきて、慇懃な礼をするように扉を開いた。

踏みこんだ敬子は、はっとなった。誰もいないはずの空間に男の長身があった。

「あら」

彼は二つ下の階に住む学生だった。

朝新聞をとりに一階に下りるときや買物に出る午後などに、マンションのエントランスホールあたりでよく顔を合せた。何度も挨拶を交わしている。

青年は敬子の顔にじっと目をあてていたが、悪戯を見とがめられた子供のように俯いた。敬子は彼の落着かない態度に微笑し、若さはいいなあ、と心のうちで呟いた。

「一階で、いいですか」

数字の上に指を乗せて敬子は訊いた。

「ええ、一階を」

と彼も言った。細かく震えているような、不自然な声だった。

敬子は青年が両親と住んでいて、父親はこのあたりでは最も大きい私立大学の学長だということを思い出した。父親とはマンション内で顔を合すことはめったにないが、美しく上品で、いつも口を窄《すぼ》めるようにして言葉を押し出す感じの母親とは、何度か立ち話をしていた。

息子は母親似らしく、やはり細面の柔和で繊細な顔立ちをしている。

ひと目見て好青年という形容がぴったりの、率直さと清々しさが溶けあった雰囲気は、マンション内の奥さん方にもいい印象を与えていた。

「今日は、大学の方へはいらっしゃらないの」

エレベーターが急速に下降するときの血が冷えるような感覚のなかで、敬子は声をかけた。

「これから、行きます」

午後三時である。彼は本もバッグも持っていなかった。いや左手に持ったものを背後に隠すようにする。だがすぐに、その長い棒状のものがバールかトンカチのような形状をしているのがわかった。しかも腰の後に半分隠れた手の甲に血が一筋流れていた。

何か言おうとしたが、敬子は最良の言葉に出合えず黙っていた。

彼は敬子に左手を出して見せ、

「バイクの修理をしてたんです」

と言った。

「怪我、なさってるの」

「いや、大丈夫です」

自分の部屋に忘れ物でも取りに上がろうとして、最上階まで行ってしまったのだろうかと敬子は思った。血の匂いが、狭いエレベーター内の空気を染めていた。青年の汗の匂いのようでもあった。


寝込んで間もなくだった。

車の警笛に起こされた。断続的に夜気を震わせては静まる。

若者が友人を呼び出すために路上で鳴らしているに違いないと思い、敬子は枕を抱えこむと布団を引き上げた。

「クソッ、けしからん」

夫も寝返りを打ったが音は鳴りやまなかった。しかもそれが、一定の長さと決った間隔を置いていることがわかってきた。

「駐車場へ行ってくる」

夫は起き上がりガウンをひっかけると出て行った。

音はそれから二十分も鳴り続けた。夫が戻ってきたのはさらに遅かった。

「また、やられた」

「うちの車？」

「いや、両隣の二台が荒された。うちのは助かった。しかし、何とかしなくちゃならんな」

その夜で駐車場の車にいたずらされたのは三度目だった。警笛は無理にドアをこじあけられた外車から自動的に発せられていた。クラクションを押しては離すような音が、装置を切るまで鳴り続けるらしい。

全部で十二台の車がとめられている駐車場は、夜は薄い灯りがつくだけで人気が絶える。入口は狭く入居者の車以外は入ってこない。一時期高校生の男女が中で立ち話をしていたとかで、万一非行の場にでもなっては困るからと入口にシャッターを取りつける提案も出た。しかし予算の関係で話は流れた。

車上荒しが始まったのは今年に入ってからで、それまでは何の問題も起きなかったのだ。

最初が正月明けの六日。次が三月の春分の日。そして五月の、生暖かい闇のなかに若葉の瘴気が匂うような夜だった。

翌朝、敬子は駐車場に下りて現場を確かめた。ちょうど二人の警官が調べに来ていて、そのまわりをマンションの住人が取り囲んで立っていた。奥さん方ばかりでなく、男たちも数人背広姿で腕組みしている。そのなかに、淡いグリーンのセーターを着た例の若者もいた。彼の名前は小野装一という。エレベーターで一緒になったあと、郵便受けに書かれていた名前を思い出していた。

「お父様は法律家なのに、息子さんはギリシャ語を勉強なさってるんですって。法律学者の息子さんがバイク青年で、おまけにギリシャ語だなんて、世の中、不思議だわ」

同じマンションに住む医者の奥さんが言っていた。何が不思議なのか敬子にはよくわからなかった。

惨状は想像した以上である。

「前のときより、酷いわね」

車を持たない家の主婦がいかにも深刻そうに言ったが、興奮気味の浮き立つような気配は隠せなかった。被害にあった車の持主は、声も出ないのである。

まず外車ほど被害は大きかった。サイドミラーは打ち毀され中からコードが血管のようにむき出しになっている。足元に鏡の破片が雪のように散らばっていた。運転席のドアがこじ開けられて鍵穴が歪んでいる。敬子たちの車は国産だしこれまでに外車など持ったこともないが、十二台のうちの五台は外車だった。

駐車場の端から調査が行われた。

痕ひとつつけられていない車でも持主が調べてみると、細かい被害が発見された。多くは車内に置いてあった物が失くなっていた。ＣＤが何枚も盗まれた車もあればコイン入れから百円玉数個が紛失したものもある。なかには後部座席からぬいぐるみの人形が失くなった車もあった。

被害の程度に差があるので警官も困っていた。それに車内の物を盗んでおいて、鍵を元どおりにロックしてある車もあって、犯人の意図が見えないのだ。

「高校生のイタズラにしては悪質ですし、物盗りにしては、トランクルームがやられてませんしねえ」

前回のときに懲りて、ゴルフバッグやテニスのラケット等はみなトランクルームに移していた。ＣＤやカセットも車内の見える場所には置かないように申し合せていたのに、守らなかった人が盗まれている。

「そうすると、何も被害にあってないのは、おたくの車だけですね」

警官が敬子に確認を求めた。敬子はもういちど調べてみますと言って、車の内外を詳しく見直した。皆の注目を浴び、居心地の悪さといったらない。

「何も被害はありません」

良かったですね、と男の声がしたが敬子の頭には血がのぼって聞きとれなかった。

今度もまただ。前の二回も敬子たちの車は難をのがれた。外車はミラーひとつ換えるにしても取り寄せねばならず大金がかかるという苦情を、最初は他人事のように聞いていた。だから外車なんか買うものですか、などと心中で小馬鹿にしてもいたのだが、二度が三度となるとそんな気持も失せてくる。

「うちの車は安物ですから、イタズラのしがいがないんですよ」

敬子はやれやれという安堵の表情で笑ってみせた。

そのとき小野装一が女たちの後からためらうように声をかけた。

「実は、昨夜一時ごろですが、ちょっと気になる男を見かけました」

「どんな男です」

若い方の警官が振り向いて言った。

「四十ぐらいの、茶色い背広を着た、サラリーマン風の男でした。僕がバイクで帰ってきて、そこに入れたとき、奥の方から出てきてそのまま行ってしまいました。マンションの人ではないんで、変だなと思ったんだけど」

「そのときは、他の車はどうでした？」

「よく覚えてませんが、こんなふうにはなってなかったと思います。僕はバイクを置いて、すぐに出ちゃったんで」

バイクと自転車は駐車場の入口に置場がある。装一のバイクは相当大きいもので、丁寧に磨きこまれていつも黒光りしていた。

「男は、何か持ってませんでしたか」

「覚えてません」

「あとでお宅に伺いますので、もうちょっと詳しく聞かせてもらえませんか」

年配の方が言った。

警官が帰っていったあとひとしきり警察の無能ぶりを言い合った。集中取締りを約束していながら犯罪はエスカレートしたのだから、警察の信用は落ちる。こうなったら自衛手段として照明の強化や隠しカメラ等も考えなければならない、ということになった。

装一が見かけたという不審な男が常習者や前科者のリストに載っていれば、解決は早いと思われた。その男は、装一が駐車場を出てマンションに入って行ったあと再び駐車場へ戻ってやったのだという意見に集約されていき、装一の記憶を頼りに犯人が挙げられることを皆は願った。

二日後の夕方だった。

エアロビクスのレッスンを終えて帰ってくると敬子はいつもどおりバックで車を白線の内側に収めた。狭いスペースにめいっぱいの台数を置くので、二、三度切り返さなくては収まらなかった。

駐車場のスペースは、敷地の関係で奥まったところが三角形に尖り、そこだけは建物もなくて雨が直接落ちてくる。勿論人の出入りは出来ないように金網で囲われ、その三角形のデッドスペースには敬子が名前を知らない丈の低い花木が植えられていた。蔓《つる》性のどこにでもみかける花木で、いつもは目にもとまらないのだが、五月から六月にかけて黄白色の細長い花を群がりつける。その季節にだけ敬子はその木を意識し、美しいなと思った。マンションが建つ前の敷地に庭木として植えられていたものが、そのまま残されたらしい。

ああ、今年も咲いてる。

夕陽を金網越しに浴びた深緑色のかたまりのあちこちに、蛍光塗料で線を置いた具合の花弁が散っていた。

敬子は急に心ひかれて近寄っていった。一輪手折《たお》ってテーブルに置いても苦情は出ないだろうと思ったのだ。

近づいてよく見ると花弁は三、四センチの筒状に伸び、先端が唇のように大きく裂けていた。中から蕊《しべ》が数本、あたりを窺うように顔をのぞかせていた。黄色い花も白いのもある。

手折ろうとしてやめた。こうやってひとかたまりの繁みとなっていれば花もリボンを撒いたようで美しいが、一輪だけでは華やぎに欠けると思われたからだ。それに蔓性だから一輪ざしにも合わないだろう。

花に背を向けた一瞬、その奥で何かが動いた。駆け出そうとする敬子を繁みの奥からの声が慌てて呼びとめた。

「僕です」

小野装一だった。

「びっくりしたわ。そんなところに隠れてどうなさったの」

「同じですよ、奥さんと」

「え」

「花を見てたら急に車が入ってきたんで、思わず隠れてしまった」

どうして隠れるの、と問い返そうとして出来なかった。奥さん、と呼ばれた声に思いつめたような、それでいてどこか居直った気配があり、敬子の唇が強張ってしまったからである。

「それに、入ってきたのが奥さんの車だったから、隠れて見ていたくなって」

「あら、ありがとう」

「この花、何だか知ってますか」

「いえ、何なの」

「スイカズラって言うんです。金銀花とも言う。初め白い花が咲いて、しだいに黄色くなるから、金と銀なんです」

「スイカズラ……名前は知ってたけど、これがそうなの」

敬子は心臓の鼓動を意識しながら高い声で言った。

装一は二つの花をちぎってきて敬子の手の平に乗せた。

「こっちは若い花。こっちはあまり若くない花」

その言い方が敬子の緊張をほどき、楽しくさせた。

「私はこっちってわけね」

黄色い方を指でつまみ、くるくる回してみた。そのときふいに彼の手が伸びてきて、敬子の指の上から強く握りこまれた。

「白いのより、黄色い方が好きだな。僕の好みなんです」

敬子はつとめて余裕ある素振りで手を引くと、背の高い彼を斜めに睨んだ。

「あなたって」

「何ですか」

近づいた男の目は敬子の反応をたのしむような不逞な色を浮かべていた。これまでに見た装一とは別人のように大人びている。

「あなたって、顔に似合わずワルなのね」

鋭く言ったつもりが、怯えたような細い声になって足元に落ちた。

「悪いのは僕だけですか」

「何のこと」

「何もかも知ってて黙ってる奥さんだって、僕の共犯じゃないの」

「……何だかわからないけど、その若さでプレイボーイを気取っても似合わないわ。失礼するわ」

コンクリートの床を蹴るように歩いていき出口で振り返った。装一は敬子の車に寄りかかるようにしてフロントグラスの上に指を動かしていた。敬子が振り向くのを知っていて軽く頭を下げた。

そのとき敬子は、あ、と声をあげそうになった。二回目の車上荒しがあった数日後、雨の中を運転していて、突然フロントグラスに「ＬＯＶＥ」の文字が浮かび上がったのだ。車内の湿気が結露したからだが、敬子はすぐに車を停めるとティッシュペーパーで拭きとったのである。夫にそんなことがあったと言えなかった。車を運転するのは夫か敬子だけである。夫が冗談に書いたとも思えなかった。夫が同乗させた誰かの仕業かもしれなかった。敬子は拭きとったティッシュペーパーを道の傍のゴミ箱に投げ捨て、このことは忘れようと思った。

敬子は振り向いたまま、ありったけの力をこめて装一を睨んだ。彼は敬子の気配に気《け》圧《お》されたのか、フロントグラスに這わせていた指をとめ真剣な表情になった。そしてその指をそっと自分の唇にあてた。

あれが何の合図だったのか、ベッドに横たわってからも敬子は考え続けた。投げキスのつもりだったのか、それとも「内緒に」という依頼だったのか。

「内緒に」の合図だとすれば、彼が言った「何もかも知ってて黙ってる奥さんだって、共犯だ」ということにも重なってくるではないか。「ＬＯＶＥ」と書いたのが彼ならば彼は他人の車を自由に開けることができるわけだ。もしそうだとすると事は重大である。敬子たちの車だけが被害にあわなかった意味も解けてくる。それは犯人のメッセージであり、そのメッセージを受けとってしかも敬子は告発しなかったことになる。

敬子は過去三回の事件の折、自分の車には何の被害もなかったことを確認した。だがそこに別のメッセージが残されている可能性など考えもしなかったから探そうともしなかった。フロントグラスに内側から書かれた文字にしても、車上荒しの件とは全く結びつかなかったのだ。ダッシュボードの箱の中や灰皿、後部座席のどこかに、気がつかない何かが残されていたかもしれなかった。

たぐり寄せていけば思いあたることが次々に出てきた。エレベーターの中で偶然出合ったのも妙だった。習字のお稽古は曜日も時間も決っているから、エレベーターの中で待っていることも可能だ。手の甲に血が流れ、しかもバールのようなものを持っていたのを敬子に隠そうとしなかった。そういえば他の住人よりかなり頻繁に出合っている。学生だから時間の余裕もあり、家でぶらぶらしているのだと考えていた。端整で美しい顔立ちも好印象だったので、彼と出合うたび敬子は気持のいい笑顔を見せたはずである。

敬子は混乱していた。

装一が若い表情の奥からちらちらと見せた、敬子を見くびったようなまなざし、手中の獲物の喘ぎをたのしんでいるような態度には息が荒くなるほどの憤りを覚える。しかし彼の思いがけない挑発の視線は、確かに敬子の生理の一端を絡めとっていた。彼は敬子に関して自信のようなものを持っている。その自信を与えたのはどうやら自分らしいと敬子は感じた。感じのいい好青年、とだけ思っていたつもりが、そのなかに異性を見るまなざしも混っていたような気がする。

いつから混っていたのかこれは見当もつかなかった。エレベーターの中でかあるいは三回目の車上荒しの翌日か。もしかしたら、今夕、スイカズラの花の傍らでかもしれなかった。

敬子は相変わらず鬱屈していた。

だがそれまでの春の沈み様とは少し違っていた。憂いは同じでも体の底の方で何かが騒ぎ立ち、それを押さえこむためにさらに重い石を自分から抱えこむようなところがあった。

外から見ればこれが感情の激しい起伏に見えるらしい。母親はそれを見とがめて、

「近ごろのあんた、何だか落着きがないわねえ」

と言った。実際食器や硝子のコップをよく毀した。熱い鍋を摑んで火傷をした。

あれ以後何度か装一と顔を合せたが、スイカズラの花のような出来事は起きなかった。真昼間であったり誰かが傍にいたりした。行き過ぎたあと敬子が何気なく振り向くと、彼は必ず敬子を見送っていた。その目のなかからは不逞な気配が消えて、ひたむきな哀願がうすく流れ出していた。敬子はそれもまた、彼のたくみな演技だと思った。だが青年の初々しい顔立ちには、哀願の方が似合っていた。

彼と会ったあとの一時間、動揺は去ってくれない。神は匂いたつような若木のなかに、邪心の樹液を注ぎこんだのだと思った。それを知っているのは自分だけだと思うことで、興奮は奇妙な酩酊に変化した。

三度にわたって車を荒した犯人は捕まらなかった。駐車場の入口にはダミーのテレビカメラが取りつけられた。ビデオに記録されているように見せかけてあるのだ。

敬子は駐車場の事件が再発しないことを祈った。装一が犯人だという確証は何もなかったが、今度起きたなら何らかの決断をしなくてはならない。少くとも装一がとった態度や言葉について夫にだけは話さなくてはならないだろう。夫はその性格から言っても

すみやかに警察に通報し、装一を調べさせるはずである。

二度と起きてくれるな、と祈る一方で敬子は、やるならさっさとやってくれ、とも思った。これは全く矛盾した考えだが両方が敬子のなかで渦巻いていた。警察に通報さえすれば、心と体の深い部分にとりついている不穏な熱気も始末できるのである。エレベーターの中や駐車場でそわそわしたり、びくりと体を縮めることもなくなる。出合ったあと心臓が痛むような感覚も忘れてしまえるのである。そして多分、濡れた青年の裸体がクローゼットの中やバスルームからふいに現われる夢からも解放されるはずだと思った。


ところが五月末になって、車を荒した犯人が小野装一ではないかという噂があちこちからたちあらわれたのである。

言い出したのは装一の部屋の真下に住む三十代の男で、車から盗まれたCDが上の階から聞こえてきたというものだった。ニューヨークでしか手に入らないジャズのCDだから聞き違えるはずがない、と言った。

別の主婦は、自分を訪ねてきた友人がマンションの玄関前に車を停めて鍵を閉めこんでしまったとき、大騒ぎする女たちの間から装一が顔を出して針金を使ってドアを開けてくれたことがあったと話した。

敬子の耳に届いたこれらの噂もうやむやのうちに消えかけたころ、夜中に装一の部屋で窓硝子が割れる音が起き、父親が怪我をして救急車で運ばれる事故があった。深夜のことで大学の学長をしている父親がどんな怪我をしたのか確かめた者はいなかったが、担架で運び出される老人の頭は半分が真赤に染まっていたと隣の住人が言った。

また医者の奥さんは、別のところに住む甥《おい》が装一と同じ高校だったのでこれは間違いない情報だが、と前置きして何人かの住人に話した。装一は高校時代盗癖を注意され、女の教師を撲って問題になったことがある、ということだった。医者の奥さんは、最初から装一を疑っていたが口には出来なかったと言った。

「でも変なんですよ、卒業後その女教師をバイクに乗せて走っているのを、甥が見たと言うんですから」

前髪の一部を紫色に染めた彼女は、口のなかに言葉を残したまま嫌な笑い方をした。

「ギリシャ語っていうけど、お父様が大学に押しこんだって話ですよ」

「立派な父親の一人息子って、あんなケースがあるのよね」

様々な臆測が流れた。真偽は判らないままだが、装一の父親が救急車で運ばれた日以来、装一を見かけなくなったのは確かである。静かな物腰の母親も夫の入院先に詰めているのか姿を見せなくなった。

六月に入ってすぐ、梅雨のはしりと思われる雨にみまわれた。

その日は習字の予定だったので敬子はいつもの時間に仕度をして部屋を出た。木の芽どきの辛い季節をどうにか通り過ぎたのだと思った。

エレベーターに乗りこんだ瞬間、敬子は金縛りになった。装一が奥の隅に立っていたのである。茶色い皮ジャンにコットンパンツ、白いスニーカーをはいていた。皮ジャンも頭髪も濡れていた。かたちのいい目や真直ぐに伸びた鼻、そしてやはり濡れたままの唇は、美しいばかりでなく刃物のような凄味を発散していた。

敬子は一階のボタンを押すと、装一から離れた壁に張りつくように立ち彼の目を見続けた。話しかける言葉を失い、ただ肩を強張らせているだけだった。

装一が近づいてきて、敬子を抱きしめた。首を抱きかかえ、唇を押しあてた。

扉が開いたとき、彼は敬子から体を離し何か言おうとしていた。だがそのまま大股で歩き出した。歩きながら何か呟いた。チクショーというふうに聞こえた。

敬子はそのままエレベーターで自分の部屋へ戻り座りこんだ。水を飲み気持を落着かせた。水を飲んでも装一の唇の感触は去ってくれなかった。雨で冷やされた硬い唇だった。

習字を休もうかと考えたが気をとり直して出かけた。駐車場からは装一のバイクが消えていた。

運転席のドアを開けて、敬子はまたもや心臓が潰れかかった。白いものが撒きちらされてあるのだ。

スイカズラの花だった。駐車場の片隅を見やると、花のほとんどは地に落ちていたが、まだいくらか蔓状の木のあちこちに咲き残っていた。

隣の車の持主が子供を連れて近づいてきたので、敬子はそのまま乗りこんだ。座席の花の散乱を見られたくなかったのだ。

敬子は車を発進させ、運転しなれた街の中を走った。どこかで停めてこの花を掃除しなくてはならない。バイクが後をつけてくるような気がしてバックミラーを何度も覗き見た。

尻の下には何十という花弁があった。それらが体内に入りこみ内臓をくすぐっていた。シートが汚れても構わないと思った。そのままにしておきたかった。

目的地についても敬子はしばらく花の上に座っていた。そうして、下半身の感覚と唇に触れた硬いものの記憶を、湿気でむれた車内で繰り返し味わっていた。

装一がアメリカの大学へ行った、と聞かされたのはそれから間もなくである。名前も聞いたことのない土地の大学だった。新学期でもないのに、と息子をスタンフォードに留学させている主婦は呆れ顔で言った。

敬子は、チクショーというふうに聞こえた装一の声を何度も思いだした。自分が噂をひろげ、装一を追いこんだと思っているのかもしれなかった。違う、と言いたい気持と、そう思われても仕方ない、という思いの両方があった。

駐車場での犯罪はそれきり起きなかった。装一の両親は何事もなかったように住み続けている。学長は相変わらず住人には低い姿勢で丁寧に挨拶した。夫人も同様である。この老夫婦を悪く言うものはいなかった。ただ、二人のまわりには目に見えない同情が集まっているだけだ。

何もかも平静になったが、敬子には大きな変化が訪れた。妊娠したのである。計算してみると五月後半の受胎だった。

十年もの結婚生活で一度も受胎しなかったのに、奇蹟が起きたのである。あの時期に、硬化していた体内の膜が突然掻き破られたらしい。

敬子はしばしば、尻の下に敷かれたスイカズラの花の感触を思い出し、何か罪深いことのように胸をどきどきさせた。今度装一が両親のもとに戻ってくるときは、自分は赤ん坊を抱いて会うことになるだろうと思った。

午後のメロン

人の体を死にまで追いやる病いというのは、一体いくつぐらいあるものだろう。あらゆる臓器に病変の可能性はあるわけだから、臓器と同じ数だけ死への出発点がある、と言うこともできる。ではそれだけかというとそう単純でもなくて、ひとつの臓器がいくつもの違った病名を持つし、ある臓器についてはともかく切除さえすれば生命を脅かすまでに到らないわけだから、自ずと病気にも、大将から歩兵までの階級差があることになる。

大将級ではやはり癌だろうし、ほかには脳溢血や心筋梗塞というのが怖い。

それにしても母は、死に到る病いを思いつく才能にかけては、並々ならぬものがあった――。

雨に濡れたベランダの、黒々と光っているカポックの葉叢《はむら》に目がいくたび、雪子はいつもそのことを思った。濃い緑色をてらてらと光らせながら雨水を呑みこんでいる植物は、無邪気に見えて貪欲、清楚だが思いのほかしたたかだった母の松子に、どことなく似ていた。

母は一体、自分の肉体にとりつく可能性がある大病を、いくつぐらい発見し、思い患ったことだろう——。

ちょっとでも具合の悪い部分があると、三冊もの医学書を引っ張り出してきて、あれだろうか、これではないかしらと娘に問いかけた。それも癌を一番恐れていて、癌と良性腫瘍の区別法など医者なみに詳しかったのを、雪子は思い出す。

いつだったか右の眼が痛み出し、彼女はたちまち二十数個の眼病を探し出した。そうして、医学書に出ている症状と自分を較べているうち、半日経ってしまい、ふと気づくと、夢中になっていたために右眼の痛みを忘れていた、という嘘のようなことも本当に起きたのである。

そのことを娘に話すとき、松子は何かに騙されたか憑《つ》かれたかしたような、不思議そうな声をもらした。雪子が、

「眼の痛みなんて、それぐらい精神的なものよ」

と言いかけるのを制して、

「本当に痛かったのよ、奥の方に小さな虫でもいる感じで……でも、気がついたら、虫がいなくなっちゃってたの、本当なのよ」

抗議でもするように訴えた姿が目に焼きついている。

あのとき眼底検査を受けさせておけばよかった――。

雪子が後悔するのは、その一点だけだ。あれだけ病気に詳しい母だから、母を襲って死に追いこむ病気を彼女が見落とすはずがない、と考えたのが甘かったのだろうか。病魔は松子の予見をすべて裏切って、ある夜、一枚の黒い切り札をつきつけた。彼女は、自分がどんな病気に斃《たお》されたのかも知らないまま突然他界した。松子の大脳の中に、何十年も前から出来ていた動脈瘤が破れたのだった。血圧も正常だったし、成人病の徴候は何ひとつなかっただけに、母はあの世で、あっけにとられているのではないかと娘は考える。長いあいだ抱えていた時限爆弾が破裂したわけだが、いまとなっては本人が気がつかなくて幸せだったと思えるようにもなった。

これだけのことを深江に伝えるのに、小一時間もかかってしまった。

途中で泣き笑いの顔が歪んだまま元に戻らなくなり、洗面所へとびこんでしまったり、久しぶりに松子が大切にしていた急須を取り出して緑茶をいれようとして、急須を引っくり返したりしたものだから、言葉は途切れるし、同じことは繰り返すしで、ひととおり説明し終えたときには雪子自身疲れてしまって、肩や背中が痛くなっていた。

「……大変だったんだね。君が離婚して、お母さんと二人暮しだということを聞いたときは、気の毒なことだとは思ったけど、そんなに同情もしなかったんだ。だって女二人、母親と娘の生活なんて、ある意味じゃあ気楽でいいもんだろ？　それに君は、昔から家庭の主婦におさまる柄じゃなかったし、離婚なんてこともありうるって、どこかで考えてたしね。しかし、これで本当に一人になっちまったのか……」

深江は、色鍋島の朱色の菊に口を寄せるようにして、緑茶を啜って言った。その、どこか青年の面影を残した頬から顎の線を盗み見ているうち、雪子はほどけてきた緊張のためにふいに泣き出しそうになり、慌てて唇を引き結んだのだ。

大学を卒業してすぐに赴任してきて、いきなり小学校四年のクラスを持たされたのだから、彼も大変だっただろう。九歳の雪子と、当時二十三歳の深江の年齢をそのまま三十三年延長してみると、彼は今年五十六歳になる。同じクラスだった佐江子が松子の訃報を深江に知らせ、焼香にうかがいたいと彼から電話があったとき、急いでその計算をし、愕然とした。自分がすでに四十代に突入しているわけだから、彼が五十代半ばに達して当然だとは思ったものの、その数字からは何も確かな手応えが得られずに、雪子はしばらく呆然としていたのだった。

とすると三十三年ものあいだ、初恋の人の面影を心の片隅に生かし続けていたわけか——。

そう気がついたとき雪子は、甘いような苦いような微笑が顔の裏側から滲み出してくるのを感じた。

深江は正真正銘、雪子にとって初恋の人である。それまで男も女も意識しない世界に生きてきて、白黒の画面が突如鮮やかな色を帯びるように、目の前に異性が出現した。それが、「深江先生」だったのだ。

そのことはずっと後になって、佐江子にも他の同級生にも話した。子供にとっては切ないまでの真実だったが、すでに笑って話せる思い出のひとつになっていた。社会人になった男の同級生など、「どうせ俺たち坊主頭は、初恋の対象にはならなかったんだろうよ」と、半ば本気でひがんでみせたものだ。「あら、私だって初恋の人は深江先生だったのよ」と佐江子が告白するに及んで、その場の空気はいよいよ盛り上がったわけだが、よくよく考えてみれば、男の子より成長の早い女の子にとって、初めて異性を感じる相手が若い教師というのは、ごく当り前のことなのかもしれない。だが当時の雪子は、クラスの担任に特別の感情を覚えるなんて普通の女の子ではないと、どれだけ悩んだかしれない。眠る前に深江のことを考えると、体が金縛りにあったように硬くなり、やがて息が苦しくなってとび起きてしまうこともたびたびだった。あれも後になって考えれば、初潮を迎える前の体の変調期のせいだったのだろう。しかしそのころの雪子は、とんでもない人を好きになったために心も体も変になりつつあるのだと、ひたすら怯えていたのである。

ともかくも、あのころの深江は、美しく凛々しかった。額の生えぎわはかすかに富士額をなし、春先から夏にかけて、そのあたりがいつも汗で光っていた。

色白で鼻は高く、目はいつだって潤んだようにやわらかかった。「女みたいな目だ」と悪口を言う生徒もいたが、雪子は「女みたいだ」と感じたことはない。「女みたい」な部分を探すとしたら、それは指であった。指は細いうえ、学生時代に実験中アンモニアが爆発する事故にあい、右手の小指の爪が二つに割れていた。彼の体の欠点は、その小指の爪だけだと、九歳の少女は思っていた。

「……あのころと、ちっとも変ってらっしゃらない。少しがっしりされたぐらいかしら」

ひととおり死んだ母親の話がすんだあとで、四十二歳になる教え子は溜息まじりに言った。ちっとも変らない、というのは嘘だったが、体型も顔の色艶も、当時の面影を充分に残していた。五十代半ばに見えなかったのは事実である。

「小学校の教師なんて、成長のしようもない、ってことかな。引越しが嫌で転勤を拒んできたものだから、あれ以来市内の五つの小学校をぐるぐる回っただけだし、校長や教頭にも縁がないまま、そろそろ定年だ。この一、二年、しきりに君たちのクラスを思い出してね。何と言っても教職について初めての教え子だし、その中でも君は、やはり特別だったから……」

「あら、どう特別でした」

「何というのかな、教室の中で、そこだけ目立って意識されるというのか、気になってしまう子がいるもんだよ」

「おませだったし」

「うん、まあそれもあるだろうが、子供なのに、ちょっと怖いところもあった」

「私が怖いんじゃなくて、私の母が怖かったんじゃありません？」

松子は父兄会などと関係なくよく学校に顔を出し、娘のことを相談していた。雪子は勉強の方はできていたが体が弱く、風邪をひいてはしょっちゅう扁桃腺を脹らす虚弱児だった。

「……熱心な人だったよね、君のお母さんは。君のことが人生のすべてという感じだった。亡くなったって聞いたとき、僕の教師生活の一部が欠けてしまったような気がしてね。お母さんからは、いろんなことを教えてもらったよ。教師とは言っても新参のホヤホヤだったから、子供の扱いについてはプロとアマの違いがあった」

「そうでした。教育ママのハシリみたいな人でしたが、私が大人になってしまうと、今度は関心が自分の体の方に向けられて、ここ数年、話題といえば病気か薬に限られてしまって……」

少しばかり情ない気持になって薄い笑いを浮かべて言った。とは言うものの雪子は、そんな母が懐しくてたまらなかったのだ。

母親の突然の死からそろそろ三カ月になろうとしていたわけで、雪子の体に一本しっかりと突きささっていた芯棒も、やわらかい手で触れられると氷のように溶けてしまいそうな、つまり、心の張りが限界に来ていた時期であったとも言える。四十二になる独りぐらしの女が、昔むかし憧れた男と再会し、乾いた一粒の豆のように心の底に転がっていた甘い記憶を脹らませたあげく、関係が出来てしまったことについて、雪子自身どんな言い訳も用意していない。

彼女はただ、これまでの自分の人生では決して起こらなかったこと――会ってその日のうちに体の関係が出来るという、無計画で行きあたりばったり、よく言えば情熱的だが要するに状況と情の両方に押し流されてしまう――が、この年齢になっていきなりやってきたことに少しばかり戸惑い、体とともに理性の方も衰えつつあるのかもしれない、と思っただけである。少くとも三十代の自分は、男に真向かうときなかなか素直になれず、自分や相手の情熱の裏側にひそむ〝かけひき〟や〝計算〟に神経をとがらせていたし、性の部分から薙《な》ぎ倒されていき気がついたら自尊心まで奪われていた、という状況をひたすら恐れていたために、何かにつけ「私は簡単じゃないわよ」「私の女としての部分は、私のごく一部分なんだから」というような態度を誇示したものだ。それがことさらだったために嫌気がさして逃げていった男もいる。いや離婚の原因も、実はそうした自分の〝守りの固さ〟にあったのだろうと、雪子はいまになって思いあたるのだが。

実は深江とそうなるについては、遠い昔の怪我の思い出が、重要な役目を果たしたのは否定できない。思い出させたのは深江の方で、

「あのときの、ほら、鉄棒へとび移りそこなって落っこちたときの傷、いまもある？」

と雪子の耳のあたりを覗き見る恰好をしたのだ。

「あら、これ？　まだちゃんと残ってます。目立ちます？」

と言って雪子は左耳に被さっていた髪を持ち上げて見せた。耳朶《みみたぶ》の上が一度切れてく

っついたため、細い筋が一本走っているはずだ。

「目立ちゃしないけど、やっぱり残ってるね。かわいそうなこと、したなあ」

「あれ、先生の責任になったんですか？」

「放課後だったし、僕の責任にはならなかった。だけどやっぱり、僕は心苦しかった。これが顔だったら、大変なことだったが、耳の傷でやれやれだ」

「……顔に傷が残ったのなら、案外、離婚なんてことにはならなかったかもしれないですね。そのぶんだけ夫に対しても控え目でいられたでしょうし、こんな気の強い女に育つこともなかったかもしれない」

うん、そんなもんかな、というふうに深江は頷いた。頷かれては雪子の方が困ってしまう。自分はそんなに気が強い女なのだろうか。言い出しておいて、少し辛い気持になった。

あれは夏休みに入る前の土曜日だった。雨で運動場の何もかもが濡れて黒々としていた。ところが午後になって、薄い陽が射しこみ、運動場の砂からたちのぼる蒸気が手招きでもするように、下校時の雪子の気持をとらえて揺すぶった。

なぜ自分一人だけが土曜日の午後、学校に居残っていたのか覚えがない。他にも何人か、いたのかもしれないし、やはり一人だけだったのかもしれない。

あれは何という運動具なのだろう、梯子《はしご》を横に渡し、少しばかり角度をつけて、高い方から低い方へぶらさがって下りていったり、低い方からよじのぼっていったりする。高くなった方の端に竹の棒が立っていて、竹の棒を上まで昇りつめて梯子にとび移ることもできれば、梯子を一番上まで手長猿のように渡っていき、最後に竹の棒をするすると下りることもできる。どちらが難しいかというと、梯子から竹の棒の方が、より力が要った。角度のついたかなりの長さがある梯子を、腕の力だけで一番上まで行くのは、五、六年生か、よほど体力のある四年生でなくては無理だった。それにはまた、腕の力だけでなく勇気も必要だったのである。梯子の一番上は、竹の棒のほとんど頂上の高さがあり、そこで手を離してとび下りるわけにはいかないのだ。Uターンするか竹の棒へとび移るかしかない。下は砂場だが、上から見下ろすと二階の窓から地面を見るように恐ろしかった。で、雪子はいつも、梯子の途中から引き返すことになった。

その午後も雪子は、梯子の途中まで二、三度往復し、とても最後までは行けないと諦め、ぼんやり見上げていた。半分まで行ったあたりで、両手はちぎれるように痛くなり、さらに高いところにむかって手を伸ばす力など、残ってはいなかった。

「もう一回やってみろ、出来るよ」

声にびくりとして振り向くと、深江が帰り仕度をして立っていた。

雪子の頭は夏の雨にふりかかられたように真白になった。居残って遊んでいるのを怒られるのかと思ったが、先生の顔は微笑している。

「てっぺんまで上がって、竹棒に移りたいんだろ。やってみればいいじゃないか、竹棒が無理なら、そのまま引き返せばいい。落っこちても僕が受けとめてあげるから、さあ、やってごらん」

言われるまま、挑戦してみた。落っこちても受けとめてあげる、のひとことに、全身をあずけたのである。それに何より、深江に誉められたかったのだ。

あの爆発的なエネルギーは、結局あれ一回きりのことだった。というのも、雪子は以後卒業するまで、最上部まで懸垂でたどりついたことはない。たった一回の奇跡が、あのときに起きたのだ。あとひとつ、あとひとつと手を前に運んでいき、気がついたときは梯子の端まで来ていたのである。

「ようし、竹棒に足をかけてとび移るんだ」

下から深江が見上げて言った。するとその声のために、雪子の体にほとんど初めてと言っていい羞恥心が起きた。彼の声は、スカートの真下から届いたのだから。

あ、という声とともに、雪子は落下していた。頭と目の奥に硬い闇が突きささり、一瞬のうちに闇は黒から赤、そしてまた黒へと変化した。

気がつくと砂場に横たわり、鼻から頬にかけて、生暖かい指のようなものが移動していた。それは鼻血だったのだが、雪子には人の指のように感じられた。あとで聞くと、深江は雪子を受けとめそこなったらしい。雪子の耳は、運悪く落下点に転がっていたプラスチックのスコップで切れた。そのうえ、左の肋骨にひびが入り、夏のあいだ中、泳ぐこともできなかったのである。

にもかかわらず、雪子は幸福だった。その怪我のおかげで、三日に一度は大好きな先生が見舞いに来てくれるのだ。夏休みだというのに、彼は汗びっしょりで家を訪れ、雪子の顔を覗きこんだり、ときには悲しそうな顔で「すまなかったね」と謝ったりした。枕元で彼がむいてくれた夏みかんを食べていると、その酸っぱさが不思議な酩酊を誘い、嬉しくて泣き出しそうになったものだ。

怪我をしてよかった、と心底思ったのを覚えている。好きな先生にちやほやされる心地良さは、体の痛みを差し引いてもまだおつりが来た。宿題を免除される特権というものも、大きい。痛い、と言えば、薬を飲まされた。その薬を飲むと体が軽く浮き上がり、とろとろと眠気がさしてきて、夢の中を泳ぐことができた。眠ってしまうわけではなく、雲の薄い膜を着て夢と現実のあわいに浮かんでいるわけだが、それはひどく気持が良くて、大人になって考えれば、ある種の性的な揺曳《ようえい》だった気もする。何という薬だったか覚えてもいないが、雪子は軽い中毒にかかっていたらしく、ときどき痛いと言ってはその薬をねだった。

「どこか不健康な子だったのよ、まともじゃなかったのね。普通は夏休み中寝てるなんて、子供にとっては地獄なのに、先生が来て下さるのがたのしみで……初恋っていうのは、あんなものかしら」

深江の目の周縁が、湯気にあたったように弛み、かすかに赤らんだ。そこだけが五十六歳という年齢を裏切って何かを切なく主張し、じわりと浮き出した照れ笑いにも屈せず、微妙な不協和音を発しはじめていた。

「……初恋、だったの？　本当に僕が」

「そうですよ」

雪子は睨みつけて言い、

「やっぱり、相当おませでしたね」

「……なぜ、ちゃんと受けとめられなかったのかなあ、あのとき。失望させただろうね」

「蚊トンボでしたから、先生の手の中をするりと抜けたんだわ、きっと」

あの事件にまつわる話が、微熱を帯びていった。

「そうだよ、蚊トンボだった。それがこんなになるんだね」

「こんなになって、もう最盛期をとっくに過ぎて下り坂もいいところですよ。もうちょっと早く、見て欲しかった」

「充分、まぶしいよ、いまが最盛期じゃないの」

　わざと視線を外して言った深江のひとことが、蜂のひと刺し、というか、渇いた咽に流れこんだ冷酒というか、何かびくりと驚かす衝撃があって、さらに言うならば衝撃で割れた岩の隙間に、

「こっちに来て、三十年ぶりの顔をよく見せてよ」

　という次の言葉がじわりと染みこんだと思うと、あとは地震のように大小の岩が体の上に降りかかってきたのだった。

　岩の下敷きになってもがいていたために、何も見えなかった、何もわからなかった、などということはやはり通じないだろう。すべては雪子がのぞんだことである。嵐に吹き惑わされた恰好をするのも、その恰好を赦してもらえるのも、要するに、本当は嵐なんかに動じるはずもない年齢の二人だから可能なわけで、正確に言えば、深江と雪子は、悲愴な顔をして短い劇を愉しんだことになる。

　その短い劇は、雪子の女としての経験の中でも特に激しかったわけではなく、麻薬の

ような力も発揮しなかったが、ひとつだけ、予想外のことが起きた。彼は、たまたまそこに置いていたネッカチーフで、雪子の両手首を頭の上で縛ったのだ。縛っておいてそれを片手で押さえつけ、肋骨を傷めた少女を労るように、顔を寄せてきたのである。

痛いと感じるほど強く縛られたわけではなく、ちょっとした戯れ、遠慮がちに加えた薬味のような、さりげないネッカチーフの使い方だったのに、深江が帰っていったあとまで、手首の縛り跡は残っていた。二センチ幅の赤い充血が見られ、手指で撫でても揉んでも消えないのだ。こんな跡が残っているのに痛みを感じなかったということは、それどころではないもっと大きい波に打ちすえられていたわけで、順番にいろいろ手繰っていくと、思わず目をそむけたくなる自分に出会うことになった。

これはこれでよかった、と満足する反面、机の中で鉛筆や消しゴムと一緒に長年転がっていたアメ玉を食べてしまったような寂しさもある。後悔とか反省ではないが、あのままそっと置いておくこともできたのに、というかすかな苦さが雪子にはあった。

それに何より、再会したその日に、というのが、これまでの彼女のセオリーに反していた。鍵をかけ忘れて寝た一晩にかぎって、泥棒に入られることもあるのだと、誰に言い訳するわけでもなく、漠然と思ったりした。

雪子は仏壇の前に行き、母の写真を見ないようにして扉を閉めた。マンション用のコンパクトな仏壇は、扉を閉じれば小さな黒い箱になってしまう。手前に置いた焼香台の横に、深江が供えたメロンがある。紙箱に入ったメロンを取り出してみると、まだ硬かった。そのざらりとした手触りを、何度もたのしんだ。母の肌とも深江の肌とも、勿論自分の肌とも違うが、懐しいような、親しみのある手触りだった。体がうるおったために、体の末端まで水分が行きわたり、そのために指先が敏感になったのだろうか、などと考え、雪子は指を見詰めたり、鼻にくっつけたりした。特別の匂いは何もなかったが、そのときあらためて手首の縛り跡が目に入ることになった。

——この跡、どこかで見たことがある。

濃い霧の中を、何かが右から左へ横切っていったような、一瞬の思いだった。何かが一体何なのか、いま追いかけなければ、もう二度とチャンスはない。何かが霧の中を横切ったことさえ、すぐに忘れてしまうだろう。

いや、それでいい。忘れていいことだ。何もなかったのだ——。

目を転じてベランダの窓を見た。斜めに傾いた陽光が、三十センチばかり開いたカーテンの隙間を押し拡げるように流れこんでいて、そこに夥しい数の埃《ほこり》の微粒子が浮き立っていた。それらはしかも、無音のなかでうねるように渦巻き、無方向に流れる川のように移動していた。

そのとき、雪子はその川の底に、つまり明るく輝かしい光の洪水のかなたに、さきほど同じ何かの影を見た。あ、と息をつめ今度こそ意識的に目をそらしたが、もはや遅かった。雪子は、気がつかないことに失敗してしまったのである。

それは母の手だった。細くていくらか筋張っているが、薄い皮膚が透けて白い肉や血が見えそうなほど清潔な松子の手――ぴくぴくと脈を刻み、その体の中でももっとも俊敏で小ずるくて、そのくせ温かい部分である手首――。

あの手首についた紐の跡のようなものが、というよりそれをさりげなく隠そうとしてしきりに一方の手で揉んでいた母の仕草が、ふいによみがえってきたのだ。

あれはいつのことだったか。

雪子は、畳の上にゆっくりと正座した。そうして、記憶を管理している黒い衣をまとった意地悪い何者かに懇願した。ヒントを下さい、あと一個、ヒントを下さいと。

するとかすかな手応えがあった。母が風呂場の鏡の前に立って、タオルか何かで体を拭いているのだ。彼女は娘に振り向いてこう言う。

「暑いわね、水浴びしてたのよ」

夜ではない、いまと同じ夕刻の明るみが窓と濡れたタイルの壁を染めている。母の体は水を浴びて白い。温水のシャワーなど、当時の雪子の家にはなかったから、水道の水を何杯もかぶったのだ。そのために太股のあたりは鳥肌立っている。だが——手首だけは、ほんの少し色づいている。ピンク色に染まり、まるできつい腕時計か、何本もの輪ゴムをはめていた具合なのだ。

娘は、その手、どうしたのか、という目で母親を見るか実際に訊ねる。彼女は、ああ、これ、何でもない、という態度を見せ、

「あんたも、水を浴びる？」

と訊くので、うん、と頷くと、母親は娘の体から——確かに間違いない、私の上半身には、固定用の包帯が巻きつけられていた——スカートやパンツを剝ぎとり、蛇口をひねると、洗面器の水をわざと乱暴にかけたのだ。

あの水の冷たさ。

冷たい、と大声をあげ、足を踏みならしたり跳びはねたりする娘を、笑い転げながら執拗に追いかけ、摑まえ、その腹や脚にくり返し水をかける母親。

やがて彼女は、何かに憑かれたように無言になった。と同時に、雪子を摑まえようとする力が、強く荒くなった。彼女は、雪子でない誰かを、水責めにしているようだった。

その気配に気づいたとき、雪子は突然無抵抗になった。無抵抗のまま立ちすくみ、次の瞬間、わっと泣き出して松子にしがみついた。松子は、急に我に返ったように雪子を

抱きしめ、

「どうしたの、どうしたの」

とおどおどした声で尋ねた。それから顔を覗きこみ、何かに怯えて無理やり顔面にくっつけたような笑顔で、

「ごめんね、冷たかった？」

と言った。彼女はそうして、再びいつもの母に戻ったのである。

どうしたの、と訊きたかったのは、雪子の方だったが訊けなかった。母の体に一瞬宿った、何か狂気じみたものが、どこからやってきてどこへ行ってしまったのか、子供に理解できるはずはないのだが、あのときの母の手首と、胸をしめつけている幅の広い包帯と、下半身に浴びせかけられる水の感触だけは、体の底に残っている。鏡は全体的にくもっていて、右上に暗雲が湧いたような錆がとりついていた。

あの記憶とこの手首とに、一体どんな関係があるのだろう。

雪子は正座したまま、畳の目に向かって苦い笑いを投げかけた。畳の目が笑い返してきたものだから、再び恐ろしいまなざしに戻った。すると畳の目も、凍りついた北方の大地のように、茶色い仏頂面をきめこんだ。

深江が来るたびに夢の中を泳ぐように浮遊し、揺曳した、ということは、痛みどめの

薬を飲んだのだろう。自分が「痛い」と訴えたために飲まされたのか、それとも松子か深江が、気をきかせて飲ませてくれたのか。

目の下の大地がゆらりと動く。ささくれ立った枯木の中を、赤味を増した斜めの陽が染めぬいている。

そうに違いない。母と深江は、自分の苦痛をやわらげ、白昼夢の中でひとり遊ばしておくために、あの薬を飲ましたのだ――。

とすると。

雪子は、自分の思いつきに声を出して笑った。

まさか自分の体が故意に落とされたということはないだろうが、ならば深江はなぜあそこに立って、放課後の一人遊びを怒りもしないで見ていたのか。そしてなぜ、四年生の自分に六年生がようやくできることをやってみろと言ったのか――。

追いかけていく先に、硝子絵のような場面が重なっている。一枚一枚確かめてみるべきだろうか。

振り向くと、仏壇の前に色鮮やかなメロンが転がっている。

湖底の森

大雪山国立公園は、北は層雲峡《そううんきょう》を取りこみ、南は十勝《とかち》平野に張り出す勢いで、北海道のほぼ真中に広大な面積を占めて広がっている。

白雲岳、旭《あさひ》岳、十勝岳といった二千メートルを越す高峰が北から南西にかけて連なり、夏でもその白い頂上部を、砂糖菓子のように光らせていた。

これらの峰々から流れ出す澄んだ冷たい水は、富良野《ふらの》や帯広、旭川といった周辺の都市を、北の街らしく清潔に潤すが、平野部に届く前の水は大小無数の滝や名もない湖をつくり、植物や生きものの生命を養っている。

然別湖《しかりべつこ》もこうした湖のひとつである。二万年前の火山の噴火で川がせきとめられて出来たと言われるこの湖は、いまでこそ道路が開通し、湖畔に旅館が二軒も建っているが、大正時代までは誰もその存在に気がつかなかった。流れ落ちる水の源をたどって八百メートルの高地にまで分け入り、目前にこの美しい湖を発見した先人の喜びと驚きは、どれほど大きかっただろう。

星が棲む湖、というのが旅館のつくった宣伝文句になっているが、それだけ文明の灯りがない、人間の非力を感じさせる奥地でもあるわけだ。

湖面の氷が溶ける五月から十月いっぱいにかけては、訪れる人間もかなりの数になるが、あとの半年は、旅館から先の糠平《ぬかびら》へ抜ける道路が閉鎖になることもあって、湖も建物も湖畔の樹々も、眠ったような日々を過ごすのである。

四月に入って間もないある日、二軒の旅館のうちの古い方の一軒を任せられている吉《よし》岡勉《おかつとむ》は、長靴をはき、いつものように氷結した湖面に下り、氷の色を調べた。この二、三日雪が降り、湖面は白く覆われているが、薄く積もった雪を透かして見る氷の色は、日ごと変化している。周辺部から青色がかってきて、やがて岸近くから溶けはじめる。こうなってくると、泊まり客が湖面に下りないように立て札を立てなくてはならない。

そろそろだな、と彼が長靴のかかとで氷の軟かさを調べながら岸へ戻ってきたとき、湖面に被さるように繁ったダケカンバを透かして、旅館のマイクロバスが戻ってくるのが見えた。

もよりのJR駅は根室本線の新得《しんとく》だが、そこからこの然別湖まで車で四十分かかる。

客があれば客の到着時刻にあわせ、迎えに行くし、送っても行かなくてはならない。

マイクロバスが停り、サイドブレーキが引かれる。運転席の松田が吉岡を見て、嬉しそうにそして悪戯っぽく笑った。

そうか、来たのか。

松田の笑顔の意味がようやく理解できたときにはもう、車の扉が引かれ、赤いセーターがとび出してきていた。

栗色の髪を無造作に後でとめ、空と同じ色の光を溜めた大きい目を持つ若い女が、吉岡めがけて走ってきた。吉岡は女の勢いを恐れるように上体をのけぞらせ、しかし足の方が駆け出しそうになるのをこらえる姿勢で、彼女を受けとめた。

吉岡にしがみついた女は、いっとき吉岡の匂いに酔っていたが、すぐに体を離して、

「松田君に、内緒にしといてって頼んだの。驚かそうと思ったから」

と高く響くやわらかな声で言った。

松田はマイクロバスを車庫に収めるためにバックしながら、そういうわけです、と目で応じた。

松田の仕事はネイチャリング・ガイドで、客を夏山に案内して植物や花々の説明をしたり、夜は星案内などもする。このあたりは天然記念物のシマフクロウやナキウサギ、

エゾシカなどが棲息しているし、湖には道《どう》の天然記念物に指定されているオショロコマもいる。しかしこうしたガイドのほかに、マイクロバスの運転も手伝ってもらっている。

「うちは客が多いんだから、予約のない客は泊まれないんだぞ」

「あらほんと、でも今夜のお客様は私のほかに三人だけだって、松田君が言ってたわ。それに私、支配人の娘よ、無理をきいてもらうわ」

「よし、それなら今夜は、氷の上に寝てもらおうか。寝袋なら松田が持ってる」

「いいわよ、月夜に湖の真中に寝てたら、エゾシカが渡るのに出会えるかもしれないもの」

エゾシカはこの時期、獲物を求めて湖を渡ることがある。春先は氷が割れて、水に落ちる事故も過去には起きた。

吉岡は女の肩を抱いて旅館に入っていきながら、女が去年よりさらに背が高くなったと思った。いまや女の胸も尻も、十八とは思えないほど成熟し、内からの生命力ではちきれんばかりに膨らんでいる。

しかしこの生命は、吉岡が生み出したものではない。吉岡は四十九歳の現在まで独身で、子供をもたなかった。にもかかわらず、この宮原亜希子《みやはらあきこ》は、ときに吉岡を喜ばせるために、娘のふりをしてくれるのだ。月に一度舞いこむハガキの冒頭に「パパ、元気ですか」と書かれてあると、彼はくすぐったいような、しかし心の奥底にしまいこまれた花弁が、ひらりと踊るような幸福を覚え、亜希子をこの世に残した人間や亜希子自身に、感謝したくなるのだった。

「何日いるんだ」

「二日。来週の水曜から仕事が始まるから、月曜に札幌に発つの。澄子と一緒に友達の車で行く。もう荷物も作っちゃった」

「会社の寮があるんだって？」

「そうよ、手紙に書いたじゃない、澄子と一緒の部屋だって。初めてのお給料もらったら、パパに何か買って贈るわね」

「そんな無駄づかいしなくていいよ。お金は大切にして、結婚のために貯めとくんだ」

「大丈夫よ、そんなことしなくても。この美貌だもの玉の輿間違いない」

本気とも冗談ともつかない言い方に、吉岡がその目を覗きこむと、肩をすぼめて子供のように笑った。耳には金色の星型をしたピアスが揺れていた。

ナップザックを部屋に放りこむと、亜希子はさっそく氷上に出た。玄関には客用の長靴が大小揃えて置いてある。氷上だけでなく山歩きやナイトウオッチングに出るとき、これにはきかえてもらう。ロビーの窓から見ると、黄色い長靴をはいた亜希子は、どう見ても十八歳には見えず、小学生のようだ。

二月のもっとも寒い時期、二軒の旅館は協力して氷結した湖上に氷のチャペルやバー等のイグルーを造り、客を愉しませた。いまはそのほとんどが溶けてしまい、氷の凹凸の残骸を晒しているのだが、亜希子はその一角に腰を下ろし、道路が閉ざされた先の山の影が氷上に暗い帯をつくるあたりを、眺めているらしかった。

亜希子は何の意図もなく視線を放っているのだが、吉岡はその光景にやはり特別の緊張を覚える。亜希子の視線を湖の奥まったあたりから旅館があるこちら側に取り戻したい衝動がうごく。

その衝動を彼は嗤《わら》った。三歳だった亜希子が、一体何を覚えているというのだろう。吉岡の気持が通じたわけではないだろうが、ふいに何かに気づいたように亜希子は振り返った。吉岡は手を振った。しかし窓の中の彼には気づかないらしく、亜希子は旅館の周辺や屋根や、旅館のすぐ背後から始まっている山を順ぐりに見ていた。

この高地になると白樺は育たず、かわりにダケカンバが湖畔を白く浮きたたせ、湖上の白い氷と四月の陽光を奪いあっているが、山に一歩入れば、エゾマツ、カラマツ等の針葉樹がまだ、深い雪を抱えこんでいる。やがてたった三日間で湖上の厚い氷は溶け、シャクナゲやエゾムラサキツツジが咲きはじめるが、その時期にはほぼ一カ月早かった。

亜希子の目と頬が、一瞬紅潮したかと思うと、立ち上がって両手を頭上でひらひらさせた。吉岡も頭の上で大きく手を振ったが、どうやら彼女が合図を送っているのは吉岡ではなさそうだ。吉岡からは見えないが、旅館の外で仕事をしている松田に手を振っているらしかった。

吉岡は手をひっこめ、ポケットにつっこんだ。ポケットには輪ゴムとキャンデーの包み紙が入っていた。リスや岩ツバメがこうしたものを呑みこむと死ぬ。二十年もここで生きてきた吉岡は、春先の雪解けとともに雪の下からあらわれるこうした小さなゴミを、拾ってはポケットに入れるのが癖になっていた。

思ったとおり、松田が亜希子の方へ歩いていく。

彼のアノラックと長靴姿はまったくサマになっていて、ここに来てまだ三年なのに、いっぱしの山男のようにたくましく見える。三年前に帯広大学の湖底探査の一員としてやってきて、そのまま居ついてしまったが、大学ではオショロコマ等の淡水魚、それもイワナの種類が専門だったという。彼に酒を飲ませ、川魚の生態について話をさせると夜が明ける。この然別湖のオショロコマは、火山の噴火で水流がせきとめられて湖が出来たために、本来海に下るはずの種類が湖を海とみなして特殊な進化をとげたものらしい。大海を識らず、この湖とこの湖に流れこむヤンベツ川だけが全世界であり宇宙であるオショロコマについての話は、実に面白くはあるがときに吉岡をいたたまれない気持にした。オショロコマを生み出した悠久の時と、自分がここに来てからの二十年は勿論較べるべくもないが、折にふれ、人生から置き去りにされたような感覚に摑まるのは避けられなかった。

松田は亜希子に氷上を指さしながら、氷のバーや教会や砦のあった場所を教えている。風にのって、亜希子の驚きにみちた声が届いた。氷上風呂なるものを作り、湯を引いて皆で湯浴みした話をしているに違いない。

湖面が夕陽に染まっているのはわずかな時間で、山の影が西側から膨らみ、茜色《あかねいろ》を押し流したあとには、たちまち紺灰色の寒気がたちこめる。するとどこからともなく風が吹きはじめた。風は氷上に積もった雪を巻きあげ、針葉樹の枝や幹に降った数日前の雪まで空中に吹き散らすので、陽が落ちたとたん、季節はいっきに冬に逆戻りした感じになった。

従業員用の食堂で、吉岡と亜希子は向い合って鍋をつついていた。遅れて松田が加わった。彼は二キロ離れたオショロコマの孵化場を見回ってきたのである。

客室から下げてきた食器やビール瓶を片づけるのは二人の板前ではなく、女たちの仕事だ。板前たちは別のテーブルでやはり鍋をつついているが、若い方が肩をすぼめて俯《うつむ》いているところをみると、何か失敗を注意されているらしい。

「ああ、トキシラズが届いたんですね」

大皿に盛られた鮭の切り身を見て松田が嬉しそうに言った。根室沖を回遊する鮭は、この時期が一番うまい。

「亜希子が待とうと言ったが、先に始めたよ」

「どうぞどうぞ」

雪で濡れたアノラックを片隅に放り投げると、グラスを持ち上げて亜希子の差し出すビールを受ける。ふと新婚の夫婦を見るような気がして目をそらすと、松田は吉岡の気持を察したわけでもないだろうが、

「しかし寂しいですね、吉岡さん。亜希子さんが札幌に行っちゃうと、いまみたいにちょくちょくここに来られなくなるでしょうし」

ひと息に飲みほしたあと、言った。そしてこうつけ加えた。

「僕も寂しくなるなあ。妹みたいな気がしてるんだから」

「あらほんと？　だったら兄貴らしく妹の門出を祝ってお祝いぐらいよこさなくっちゃ」

それを聞いた松田は、お、と言って立ち上がると、細長い紙箱を持ってきた。

「ちゃんとお祝いは用意したよ」

「うそお、ええ？」

紙箱から出てきたのは木彫りのオショロコマだった。背は濃く腹部にかけて薄く、品のいい茶色で塗られ、この魚特有の黄金色の斑点が丁寧に描かれていた。

「器用なもんだな」

吉岡が覗きこむと、赤い目が泣いているような気がした。

食事を済ませた若いふたりが、軽口をたたき合いながら将棋を始めたので、彼は風呂に入った。湯舟に体を沈めたところで、ふたたび松田の彫ったオショロコマを思い出した。

やはり本当のことを亜希子に話すべきだろう、と彼は思った。前々から高校を卒業して就職するときが、そのチャンスだと考えていた。覚悟は出来ていた。十五年前にここにやってきた若い母親と三歳の娘について話すことは、とりもなおさずいま自分と彼女の間に結ばれた父娘に近い関係を毀《こわ》すことになる。彼女につき続けた嘘は、彼女を傷つけるばかりでなく、自分への信頼を失わせるかもしれない。しかし、いつか話さなくてはならないのだ。

いまと同じ、湖面の氷が溶けはじめる時期だったが、違うのはエゾシカを毎日のように山裾や湖上で見かけることが出来たことだ。またクマゲラやキツツキ類の棲息数も、驚くほど多かった。

夕方、予約のない客が玄関に来ているというので出てみると、女が幼い娘を連れて立っていたのだ。

「やっぱりここだったのね」

女は逃亡中の犯人を捜しあてたように威張って言った。グレイのカシミアのコートにブランドものらしいスカーフを無造作に巻いた着こなしはいかにも都会的で、革手袋から引き出した手指は女優のようにしなやかだったし、髪型のせいか顔も細長く見えたが、女はまぎれもなく宮原久美《くみ》だった。

「お部屋、ある？」

「あなたを泊められるような上等な部屋はないですが」

当時の吉岡は、いまより棘をむき出しにして生きていたし、その女に翻弄された期間の記憶はまだなまなましく、解きほぐせないしこりとなって、単調な生活を支えてくれてもいたのだ。

吉岡の剣呑《けんのん》な気配を感じたのか、女の子が泣き出した。母親のコートに顔をすりつけるようにするので、母親は何か言いながら邪険に引きはがそうとする。

「こっちにどうぞ」

彼は先に立って歩いた。母と子を案内したのは湖に面した上等な部屋だった。和室の窓側にソファーを置いた小部屋がついていて、久美はコートも脱がないままその窓から湖を眺めた。女の子は濡れた顔のまま冷蔵庫からジュースを引っぱり出し、背を向けたままの母親には頼まず、吉岡に差し出した。吉岡が栓を抜いて返すと、女の子は重ねた座布団に腰かけて飲みはじめた。

「やめなさい、そんなもの。おなかをこわすでしょ」

取りあげようとする母親にあらがう娘は、ジュースの瓶を胸の内深く抱えこんだまま首をふり、

「このジュースは高くない……」

と母親を睨《にら》みつけて抗議したが、母親の無表情に怯《おび》えたように、やがて瓶を差し出した。母親はそれを冷蔵庫の上に置いて言った。

「勝手に娘にものを与えないで。こじきじゃないんだから」

彼女のストッキングの、かかとからふくらはぎにかけて、三センチ幅のほつれが走っているのが見えた。あらためて幼女の身なりに目をやると、白いソックスの足の裏が土

の上を歩いたように真黒だった。

「なぜここに」

と吉岡はぶっきらぼうに尋ねた。

「あなたをいい気持にしてあげようと思ったわけではないわ。でも、いい気味って思ってもいいのよ」

カールした長い髪を両手で掬《すく》いあげ、大きく揺すりながら言った。

「私のこういう姿、見たかったんでしょ？」

「どういう姿だ。昔と同じに見えるが」

同じではなかった。自分と暮していたころの久美は自尊心も強くいつも何かに憧《あこが》れて野心をあらわにしてはいたものの、それでもどこかにやわらかい風情《ふぜい》を隠しもっていて、私は大学出の男としか結婚するつもりはないの、と言い放ったり、あなたの指はどうしてこんなに太いの、と呟きながら吉岡の指を珍奇な生きもののように眺めたあとは、ふと我に返って彼の腕をとると、でもあなたの真剣さって好きよ、と囁《ささや》いたものだった。

口下手な吉岡が鬱屈を抱えたまま帯広の街に出て飲み、深夜帰ってくると、起きて待っていた彼女が正座して、帰ってきてくれてうれしい、と小声で言ったこともあった。

「……あいつはどうしたんだ。ちゃんと女房と別れてくれたのか」

吉岡は声をひそめて言いながら、幼い子供を見た。その横顔は確かに、あの男に似ていた。吉岡と同じ帯広の水産加工会社で働いていた久美が、突然秘書養成学校に通いはじめて一カ月経ったころ、吉岡を訪ねてきていきなり久美と別れてくれと言った英語教師に、頬と顎の感じがよく似ていた。

インテリらしく礼儀正しい口調で、久美とは結婚の約束をしている、と言われた一瞬、吉岡は自分に勝ちめのないのを悟り、どこかでこんな事態を予測していたような冷静な気持で、そうですか、と言った。しかしその後、男に妻と子供が二人いて、久美との結婚も容易でないとわかったあたりから、吉岡の未練と怒りと執着がぶりかえした。久美もまた、男が結婚していたのは知っていたが子供については聞いていなくて、決心が鈍ったらしい。

それからの数年はまさに地獄で、英語教師と暮しながらときどき吉岡の元に舞い戻ってきて、あんな男とは別れてあなたと前のように暮したい、と泣き叫ぶ久美に、彼の精神はずたずたにされた。久美を拒絶出来ない吉岡は自分に絶望し、ほとんど久美から逃げ出すようにこの山深い旅館に来た。この旅館は、勤めていた帯広の水産加工会社が資本を出していたので、上司に頼みこんで実現した転職だった。

「どうなんだ、ちゃんと離婚しておまえの籍を入れてくれたのか」

「見ればわかるでしょ……でも心配しないで、生活には困らないし、景色のいいところでひとやすみしたかったの。明日ちょっと人が訪ねてくるかもしれないから、よろしくおねがいするわね」

そう言ったときの態度が、旅館の使用人に対するものだったので、吉岡は黙って部屋を出た。

だが翌日も翌々日も二人を訪ねてくる客はおらず、久美は部屋にひきこもり、女の子は廊下を走りまわった。吉岡の気持は定まっていて、徹底して二人を客として扱った。吉岡は二度と部屋に入らなかったし、ロビーで会っても挨拶するだけだった。久美はときどきフロントデスクに置いた電話をつかって、どこかに電話をかけていた。久美の声は客のいないロビーによく反響した。声の調子は明るく、誰かに何かを命令しているふうに悠然としたものだった。ときにお金の金額が口にされた。そして電話を切ったあとは必ずといっていいほど、土産物を売るコーナーで娘にアイスクリームを買って与えた。食べ過ぎるとお腹をこわすから一個だけよ、とあたりに聞こえる声で念を押しながら。

あるとき土産物売場で、久美は吉岡に話しかけてきた。

「オショロコマって、どんな魚なの？」

吉岡は、養殖して甘露煮にした真空パックの中の魚を見せながら、知ってることを話した。

「へえ、この氷の下にこんな魚が？　海に出そびれてしまって可哀そうね」

「どうかな、二万年前に川をせきとめられたんだが、湖の底にはいまも黒い樹木の森があって、魚の天国だそうだ」

「森ですって」

「湖の底はいつも静かだし、潜った男によると、藻がジャングルのように繁った中をオショロコマやウグイの仲間が、蝶々のように泳いでいたというから、海に出るばかりがいいとは限らないだろう」

「氷はいつ溶けるの」

「あと一カ月かな。しかしもう溶けはじめている。岸に近いところから溶けていく。子供を湖に近寄らせないことだな。あの子は何て名前だ？」

「亜希子。三歳。こっちも負けずに子供を産んでみたけど、先に産んだ方が勝ちみたい……」

「それであいつは、札幌の女房のところへ帰ったのか」

久美は、そんなことどうでもいいでしょ、と言って応えず、娘は自分ひとりで育てるしそれだけの経済力もあるのだ、と言った。吉岡はその言葉を信じたわけではないが、深く立ち入って話を聞きたくはなかった。吉岡の久美への執着は、すでに終っていたのである。

久美の姿が消えたのは二日後だった。

昼間新得で人と会う予定があると、旅館の女に言ったそうだ。夜になっても彼女は戻ってこず、部屋では女の子が泣き寝入っていた。タクシー会社にあたったがわからず、ドライブに来た車に乗せてもらったとしたらさらに手がかりはなく、結局女は旅館代を踏み倒したうえ、子供を吉岡に押しつけて逃げ出したと判断するほかなかった。

自殺の線も一応疑われたが、遺書の類いは見あたらず山に入った形跡もなかったので、女はやはり新得で誰かに会ったままどこかへ行ったものだと誰もが考え、残された女の子をどうするか、が当面の問題になった。

吉岡は複雑に折れ曲がる怒りの感情を抑えながら、英語教師の行方を探したが、帯広でも札幌でも彼の所在は摑めなかった。フロントデスクからかけていた電話も調べたが、彼女は誰とも話していなかったのだ。警察に相談すると、女の子のための帯広の施設を紹介された。

いまにして思えば下手にその英語教師が見つからなくてよかったとも言える。彼が亜希子を自分の娘と認めたかどうかも疑わしいからだ。

結局三年間、吉岡はこの子を育て、小学校へ上がるとき決心して帯広の施設へ入れた。三歳から六歳までなら、食べさせて寝かせてやればよかったし、旅館の従業員も可愛がって一緒に遊んでもくれたが、あるとき誰かから、吉岡さんのペットみたい、と何気なく言われて呆然としたのだ。これ以上は自分には無理と判断して手続をとったものの、別れるとき耐えがたいほど涙が出たのは吉岡の方で、亜希子は迎えに来た若い女性に都会の華やかな雰囲気を嗅ぎつけたらしく、彼女を真似て気取った歩き方で車に乗りこむと、スターのように手を振ってみせたのだった。

亜希子はやはり久美の娘だ、とそのときあらためて思いながら、彼は自分の執着の深さを嗤《わら》った。

亜希子が中学生になったとき、彼は亜希子の母親について話したが、その中身は然別湖に現われた幻の女の、容姿の美しさや名前や年齢についてのみで、吉岡との関わりも彼女の父親についても伏せておいた。亜希子は持って生れた性格が陽気で、深刻な話題も苦手なたちだから、吉岡が伝える母親像を、映画か物語の世界の人物のように受けとめたかもしれない。

翌日松田は亜希子を案内して、まだ閉鎖中の道路をヤンベツ川に沿って上り、オショロコマの孵化場やキャンプ場にでかけた。山にも入ってみたという。

昼食に戻ってきたふたりは、蕎麦《そば》を食べながら倒木更新について話している。倒れた大木から次々に芽ぶくので、直線状に新たな苗が育つ。森の中に入って、同じ一本の腐った大木を母体とする兄弟姉妹を捜すのは、たのしい作業だったらしい。

「言われてみると本当に、木が一直線に並んでるの。誰かが植えたみたいに。あの下に一本の木が横たわっていると思うとヘンな気がしちゃった」

と吉岡に言う。

「ヘンな気になってどうする。感動的な生命のしくみじゃないか」

「だって私、どこから生えてきたか知らないんだもの。一列に並んだ姉妹とか、そういうのいないんだもの」

松田の箸を持つ手が一瞬とまったが、さらに大きい音をたてて、彼は蕎麦をすすりこんだ。

「食べ終ったら私の部屋へおいで。ちょっと話しておきたいことがあるんだ。大事な話だ」

「わかった。でも早くしてね。松田君が新得までお客さん迎えに行くから、乗せてってもらうの。ストッキングが破れちゃったから」

松田は心苦しそうに俯いている。彼と仲良くしすぎるのを、吉岡が心配していると思っているのかもしれない。あるいは山の中か孵化場で、何か微妙な接触でもあったのか。それにしては亜希子があっけらかんと涼しい顔でいるのが不思議だが。

吉岡の部屋に入ってくると、帰るまでここに飾っとくね、と言ってテーブルの上に置いておいた木彫りのオショロコマを手にとった。

「松田君て、本当にいろんな才能がある……」

「その、松田君と言うのはよくない」

「どうして」

「私が君で呼ぶのはいいが、亜希子はさんの方がいい。長く付き合っていきたいと思うなら、松田さんと呼んだ方がいい」

「……長く付き合うって言っても、私、明日帰っちゃう。来週は札幌だもの」

「何年か先に戻って来るかもしれんじゃないか」

「ここへ？」

と言いながら浮かべた亜希子の軽い笑いは、彼女が将来ここに暮すことなど、想像したこともないのを伝えていた。

「札幌あたりで、彼と会わんともかぎらんし」

「そうね。でも私、玉の輿ねらってるんだ」

「松田じゃ駄目か」

「いやだパパ、真面目な顔しちゃって」

「玉の輿なんて考えん方がいい。そんなにうまい話はないもんだ。勿論施設で育ったからって卑屈になる必要はない」

「卑屈になんかなったことないわ。私のお母さんて人も、美人で自信家だったんでしょ」

「うん」

「私を置いて出て行った気持も、わかるような気がする。夢があったのよ、彼女には」

吉岡はさすがに、そうだね、とは言えなかった。亜希子の持つオショロコマの斑点がキラキラと眩しい。眩しさのなかで、彼は追いつめられていた。どこまで話すかだ。この湖の底に棲むのがオショロコマばかりではないことを、どう伝えるかだ。

　亜希子の母親が消えて一週間後、彼は氷の溶け具合を調べると言って半日がかりで湖岸を歩いた。旅館から一キロ以上奥まったあたりの岸近くに、エゾシカの死体を発見した。岸から二メートルの幅で氷は溶け、それはまだ溶けていない氷の下に潜りこむように入っていたので、かたちこそはっきりしなかったが、氷を透かして見えるエゾシカの体は、久美が着ていたコートと同じ色だった。

彼はエゾシカの体が、いちど沈んだのち一週間後に浮かび上がり、再び沈んだあとは二度と浮上しないことを知っていた。湖底の森に摑まり、湖底の住人となるのだ。

彼は旅館に戻ってきて、このことを誰にも話さなかった。自分ひとりの胸におさめて十五年が過ぎた。彼が見たエゾシカの死体は、予想どおり二度と浮上しなかった。

「夢はいいが、身近なものを大切にしないいとな」

「大丈夫よパパ、パパは大事にするって」

「そんなことを頼んでるんじゃない」

「それで、大事な話ってなに？　いまからストッキング買いに行くんだからあ、ねえ早くう」

亜希子は気ぜわしげに、オショロコマを撫でながら言う。夏の日の湖面のようによく光る目は、出会ったころの久美のものだ。

凍結した年月がふいに溶けて、吉岡の目に熱い膜がかかる。あのとき久美にやさしくしていたら、どうなっていただろう。もしかしたら久美は、自分に最後の助けを求めて山奥まで来たのかもしれない、と考えるのは、やはり自分の執着だろうか。

吉岡の涙に気づいた亜希子が、驚いたように手に持ったオショロコマを置いた。

解　説

道浦母都子

高樹のぶ子の描く恋愛小説は決して楽しいものではない。

アメリカ映画の常套手段であるハッピーエンド風娯楽小説ではないし、涙のとまることをしらない悲恋物語でもない。だが、読了後、ホーッと放心状態に置かれたような、重い何かが残る。

男と女、この世には、男と女の数だけの、いえ、その何倍もの出会いと愛と別れがある。高樹のぶ子は、恋愛の在り処は認めるが、それが束の間の虹、もしくは幻のような儚《はかな》いものであることを知っている。熟知しているといってもよい。その点が彼女の描く恋愛小説に読者を放心状態に投げ込むほどの重い読後感を与える所以である。

一組の男女が出会い、そこに愛が芽生える。そこまではよい。当然のことだ。

ところが――。

高樹のぶ子の恋愛小説の醍醐味は、この、「ところが」の逆転の手法の巧みさにある。愛は必ず人を裏切る。当事者だけではなく、回りの者をも裏切り、傷つけることをも容赦しない。つまり、ひとたび男女が出会い、そこに愛なるものが生じてしまったら、愛は当事者たちの思惑を越え、一匹のけもののようになって、荒れ狂う。愛なるものは生き物。人間の理性や思惑を難なく乗り越え、裏切り、一人勝手に動き出す魔性を秘めた生き物。高樹のぶ子のとらえる愛のかたちが、そうした醒めた視線で貫かれ、彼女の恋愛小説を、たんなるれんあい小説ではなく、人間の愛のドラマへと転化、昇華されていることに大いに驚き、讃意を抱く一人である。

高樹のぶ子の小説に、ことに魅かれるようになったのは『波光きらめく果て』を読んで以降だ。彼女の作品は、ほぼ同時代の作者として、『その細き道』以来、注目し、読み続けていたが、ああ、作者として一皮むけたな、そう感じさせてくれたのが、『波光きらめく果て』であり、その主人公である河村羽季子の振るまいと言動であった。

年下の男性との恋に破れ、夫との離別の果て、母親の住む壱岐へと移り住んだ羽季子。

羽季子は、その壱岐でも、またあらたな恋愛事件を引き起こす。久しぶりに会った従妹の夫と恋に陥り、従妹を自殺未遂に追いつめるまでの……。

ストーリー・テラーと称される髙樹のぶ子の手腕は、ここでも見事に生かされている。雪の越後湯沢から、九州・玄界灘に浮かぶ壱岐へ。舞台となるべき土地の転換も、彼女を巡る人物設定も、じつに考え抜かれ、巧妙である。

それはそれとして、私が魅かれたのは、羽季子が自分の中に荒れ狂う恋の火種を語る箇所だ。

――だが羽季子はそのときどきのすべてが真剣だった。いい加減な気持で相手を求めたことなどなかった。いつだって一所懸命だった。

したたかに叩きのめされ、家族まで苦しめてもまだしぶとく生き残り、懲《こ》りずに発色してくる疚しい輝きとでも呼べるものに、羽季子は呆然となる。

「疚しい輝き」、羽季子は自分の中で生き物のように荒れ狂う、愛の衝動を、「疚しい輝き」と表現している。どこかで、自らの中の愛の衝動を否定しながら、また一方では、その衝動こそが、自分自身が生きている証しでもある。羽季子に、そう語らせることを通し、作者髙樹のぶ子は自身が恋愛観を吐露していると言えよう。

——「お前はね、自分を罪深い女だと思っているだろう、だけどね、そんな恰好のいい言い方はあたらないと思うよ、罪とか何とか以前のだね、言葉にすると少し見苦しくはなるが、要するに、羽季子全部じゃなくて羽季子の体の方がだよ、だらしないってことなんだよ」

かつての夫から、このような言葉をなげられても、なおかつ、「懲りずに発色してくる疚しい輝き」。「輝き」と、とらえるところに、彼女独自の恋愛観が受けとめられる。人を愛する、だれかを好きになるってことを、だれが止められるの。私自身だって止められないことを他者はもちろん神だって出来やしない。開き直り、この世の何物をも恐れない大胆不敵な作者がいる。つまり、愛という生き物を肉体に宿したとき、女性はいのちを育む母胎のような存在となる。そして、母胎に宿る生き物を見守り、飼いならすように、その愛に万全のエネルギーを注ぎ続けるのである。

『波光きらめく果て』に触れての件《くだ》りが長くなりすぎたが、髙樹のぶ子の恋愛小説に一貫して流れるスタイルが、あのとき出来上がったのだと私は考える。彼女は、愛の輝きと無残、それを知ったと同時に、愛と性愛とは表裏一体、切っても切れない関係にあることにも思い至ったのだろう。かつての夫の「羽季子の体がだらしない」なる言葉を借りて。

☆

「桐の花」「紅葉谷」「晩秋」「霧の底」「飛花まぼろし」「スイカズラの誘惑」「午後のメロン」「湖底の森」、八篇の短篇が収められたこの短篇集で、いちばん心にのこったのは「午後のメロン」だ。

この小説も、つきつめていえば、男女の愛、性愛を巡る物語だ。

ただし、ここでの愛のもつれ、通俗的な言い方をすれば、三角関係が、母娘と娘のかつての恩師という、かなり複雑な構成となっているところが特徴でもある。

母、松子の死後、母の弔問にあらわれた雪子の小学校時代の恩師、深江。九歳の雪子が当時二十三歳だった深江に出会ってから、ときは三十三年過ぎ去っていた。深江は雪子にとっての初恋の人。二人はその日のうちに結ばれる。四十二歳と五十六歳の二人の愛の戯れの時間の中で、深江は雪子の両手首をネッカチーフで縛って見せる。深江が去り、一人残された雪子は、愛の余韻の中で、手首に残された赤く充血したネッカチーフの縛り跡に、遠い日のかすかな記憶を甦えらせていく。

小学生の日、雪子は小学校の校庭で竹棒から竹棒へと移り損ね、肋骨にひびが入る大ケガをする。竹棒に昇るのを勧めたのは教師である深江だった。

その責任を感じてか、深江は度々、見舞いと称し雪子の家に足を運んだ。大好きな先生が見舞いに来てくれることに秘かなよろこびを感じていた雪子。だが、三十三年後の深江との出会いで、雪子に遥か遠い、稚い日の記憶が甦ってくる。雪子の手首に残された赤く充血したネッカチーフの縛り跡。いつか、どこかで見たことのある赤い充血。それは若き日の母、松子の手首に残されていたものと同じ。つまり、母、松子と深江は……。

一本のネッカチーフが導き出す愛のストーリーは、三十三年という時間の経過をたっぷりと吸収しながら、読者を思いがけない結末へと導いてくれる。

硝子絵のように重なるいくつかのシーン。その一枚一枚をはがしてゆくのは読者。作者は、淡々と筆を運び、

——振り向くと、仏壇の前に色鮮やかなメロンが転がっている。

このような、じつにシンプルな描写で物語を終えている。

亡くなった母、その母と初恋の教師が愛を交わしていたことなど、つゆしらなかった娘、その娘が三十三年を経て、初恋のひとと結ばれ、一本のネッカチーフによって開かれていく、予期せぬ出来事。テーマといえば、最終的には男女の性愛ということになるのだろうが、性愛そのものを描こうとせず、性愛の奥に潜む人間本来の本能、本能に忠実になることによってもたらされる苦さ、痛苦といったものに作者の視線が向けられているところが、なるほど、髙樹作品だと思わせるものがある。

本書の表題作ともなっている「湖底の森」のテーマも、男女の三角関係といってもいい。かつての恋人、久美と吉岡。北海道然別湖《しかりべつこ》の湖畔に建つ旅館で働く吉岡の元に、幼い少女を伴い、突然久美が訪ねてくる。妻子ある英語教師と恋に陥り、吉岡の人生を翻弄したのは久美の方だ。その久美が、幼い娘を吉岡の元に置き去りにして姿を消す。父親代りとなって、久美の娘、亜希子の成長を見守り続ける吉岡。その吉岡の胸の中に次第に膨みつつある亜希子への思い。

作者はそれ以上を語ろうとはしない。これも又、シンプルなラスト描写で終っている。

——吉岡の涙に気づいた亜希子が、驚いたように手に持ったオショロコマを置いた。

ラストの一行に登場する「オショロコマ」とは、火山の噴火で水流がせきとめられ、そこに出来た湖に閉じこめられてしまった、本来、海にいるはずの魚が湖に棲息するようになった淡水魚の一種。作者は、オショロコマの来歴に、いまだ亜希子に告白していない、吉岡と久美との二十年来の秘密を重ね合わせている。

「午後のメロン」、「湖底の森」をはじめ、ここに収められている短篇に共通して印象深いのは、余情が曳くという点だ。これは短歌の場合での批評用語なので、小説の場合にどう表現すればよいのか、よくわからないが、読了後に心地よい余韻が残る、心地よい余韻というより、もっと豊かで深みのある抒情世界に浸りきることが出来る。そうした意味での余情である。

いま一つ、高樹作品で心に残るのは、それぞれの作品を象徴させるディテールの提示の巧さだ。「午後のメロン」での仏前のメロン、「湖底の森」のオショロコマ、いずれも主人公の揺れてやまない記憶や、決して語ることのない凍結した過去を象徴させる身近な具体を用いて、見事に成功している。加えて、私自身の指向に共通するせいか、髙樹のぶ子の植物への眼差し、風景の描写が、いわゆるリアリズム、美しくなだらかな時間を伴うリアリズムであることに感嘆を禁じえない。

たとえば、「桐の花」に登場する梅桃《ゆすらうめ》を作者は次のように表現する。

――梅桃の花は真盛りで、すでに木の下影のなかに小指の先ほどの花弁が散っていた。空から降る光とやわらかな風は、節子の背より少し高いこの木に絶え間ないさんざめきを与えている。枝はひらひら簪《かんざし》のようにたわんでいた。六月になれば、この白い盛り上がりが、ことごとく赤い豆菓子のような実になる。ちょうど節子の誕生日のころだ。

梅桃の花は、さほど目立たない花だ。梅、桃、桜の春の花が終った後で、華やかさとはおよそ縁遠く、ひっそりと庭隅に咲く花である。そんな清楚な花に、これだけ深く細やかな観察眼を届かせ、主人公のモチーフにひきつけながら、伸びやかな筆致で描ききる作者に、この作者本来の資質のようなものを感じとる。「桐の花」に登場する十メートル近い桐の古木はもちろん、「晩秋」の中の古い梅の木、「飛花まぼろし」の桜の木、いずれも小説のバックボーンとして、樹々の存在感や花々の匂いと共に格好の効果をもたらす花々であり、樹木である。

髙樹のぶ子なる作者が、瀬戸内海の西端に位置する海を眺む地方都市で生まれ、そこで養われた自然との交歓の中で自ずと摂取し、自らの良質な資質へと育て上げていったものであろう。

私は、自然の一部となって、本来の自然と一体化する、そんな一瞬を掬いとるときの作者が好きだ。最も華やぎ、最も自然で、人間本来の生物体の一人としての彼女を、風や光や匂いを伴って感じさせてくれるから——。

余談だが、この解説を引き受けている間にあった一つのエピソードを紹介しておこう。ほぼ同世代のさる映画監督と会う機会があった。数少ない本格派の映画をとる優れた監督として知られた人物である。だがまた、彼は、寡作の監督としても知られ、もう六年余り、メガホンをとっていない。彼を取り巻くスタッフが業をにやし、なぜか、彼の御輿をあげさせる役が、私にまわってきた。お尻を叩き、何とか、彼にやる気を起こさせて下さい、との依頼である。

何ともいやはや、と思いつつ、久しぶりに会った彼ととりとめもなく、数時間話をした。話してみてわかったのだが、意外や意外、彼が今、いちばんとりたいのは恋愛映画なのだという。しかも、四十代終りぐらいの世代の。

そこで私は、髙樹のぶ子さんの小説を読むことを勧めた。もちろん、彼も髙樹さんの作品は知っていたが、『湖底の森』に収められている短篇や、私が彼女の最近作で最も魅かれた『透光の樹』については知らなかった。

では、と私は「午後のメロン」の話をした。例のネッカチーフの物語である。

ね、映像が立ってくるでしょ。こんなのを映画化しなくちゃ。そう言った私に、「女性って凄い、それに意地悪、意地悪だ」、感嘆したように彼は言った。

そう、意地悪、だけど、恋とか愛とかはロマンチックじゃない。しかも四十代、五十代の恋でしょ。愛の甘さも切なさも全てを越えた果ての恋は残酷。それがわからないと本当の恋は出来ない。髙樹さんの作品は、そこを描いているのよ、いつか、彼女の作品を映画化してね。

そんな言葉を交わし、彼とはさよならをしたが、硬派でつねに映画化は至難といわれる世界を映像化してきた彼が、いつか、「意地悪」と感じた髙樹さんの恋愛小説を映画化してくれることを期待している。

（歌人）

単行本　一九九三年二月　文藝春秋刊

文春文庫

湖《こ》底《てい》の森《もり》

定価はカバーに
表示してあります

2000年10月10日　第1刷

著　者　髙樹《たかぎ》のぶ子《こ》

発行者　白川浩司

発行所　株式会社 文藝春秋

東京都千代田区紀尾井町3—23　〒102-8008
TEL 03・3265・1211
文藝春秋ホームページ　http://www.bunshun.co.jp
文春ウェブ文庫　http://www.bunshunplaza.com

落丁、乱丁本は、お手数ですが小社営業部宛お送り下さい。送料小社負担でお取替致します。

印刷・凸版印刷　製本・加藤製本

Printed in Japan
ISBN4-16-737311-4